GEORG BRITTING

Der Eisläufer

ERZÄHLUNGEN

MIT EINEM NACHWORT VON
ARMIN MOHLER

PHILIPP RECLAM JUN. STUTTGART

Die Texte folgen der Gesamtausgabe in Einzelbänden: Erzählungen 1920–1936 (Das Waldhorn), 1937–1940 (Der Sturz in die Wolfsschlucht), 1941–1960 (Der Eisläufer, Der Fisch). München: Nymphenburger Verlagshandlung 1958, 1959, 1960

Universal-Bibliothek Nr. 7829

Mit Genehmigung der Nymphenburger Verlagshandlung in München. Gesetzt in Borgis Garamond-Antiqua. Printed in Germany 1980
Herstellung: Reclam Stuttgart
ISBN 3-15-007829-6

Das Waldhorn

I

Der Abstieg durch das Kar war sehr mühevoll, besonders wenn man was zu tragen hatte, und die beiden Männer hatten was zu tragen, und so hatten sie nicht Zeit und Lust, viel um sich zu schauen. Sie sahen zu Boden, auf den steinigen Pfad, daß sie die Schritte recht setzten, nur der Mann, der hinter ihnen ging und nichts zu tragen hatte, der sah manchmal hinüber zu dem grauen Dunst über dem fernen Wald. Das Kar lag weiß und heiß in der Nachmittagssonne, die Luft zitterte von der Glut, und die Träger setzten ihre Last von Zeit zu Zeit ab, um sich den Schweiß von den braunen Stirnen zu wischen. Dann blieb auch der Mann hinter den Trägern stehen, ging sogar, wenn er sah, daß jene Miene machten, die Last niederzustellen, ein paar Schritte zurück, um ihr nicht so nahe zu sein.
Weiter ging es talwärts, einzelne Legföhren streiften schon die Beine der Träger, schlugen mutwillig nach ihnen, schlugen nach der Last, und auf dem grünen Plan, den sie nun schon erreicht hatten, stand ein Rudel kleiner Tannen um einen mächtigen schirmenden Baum. Hier, bei den Tannen, blieb Anton, der Mann hinter den Trägern, stehen und sagte den Leuten, daß es nun ja nicht mehr weit sei zur Drexelalm, wo das Maultierfuhrwerk warte. Er aber, Anton, wolle von hier aus den Weg über die Loserer Hänge nehmen, wie ihm das sein Dienstweg vorschreibe. Die Männer nickten nur, brummten einen Gruß, trugen ihre Last, gingen ihren Weg und waren bald hinter einem grünen Buckel verschwunden.
Anton setzte sich zu Füßen der mächtigen Schirmtanne. Dort vor ihm war der Rieglekopf, aus dem wie aus einer bluten-

den Wunde, die nimmer heilt, Geröll niederfloß, und dort, östlich davon, war das Stück begrasten Bodens an der Bschöllwand, wo vor zwei Stunden noch der tote Mann gelegen hatte, den jetzt das Maultier zu Tal zog. Dort hatte der Mann gelegen, aber er hatte sich nicht freiwillig hingelegt, mit dem Rücken im Gras, um in den Himmel zu schauen, wie das müde Bergsteiger tun. Als ihn die vielen Männer umstanden, hatte er auf dem Bauch gelegen, das Gesicht ins kurze Gras gedrückt, als behorche er die Erde, und ob ihm die wohl Antwort gab, das wußte niemand. Der Arzt hatte ihn umgedreht, auf den Rücken gedreht, da hatte der tote Mann mit weitaufgerissenen Augen in die Sonne geblickt, wie das nur Tote können. Es war, als hätte der Tote eine große Neugier gehabt, zuerst die Erde zu behorchen und dann dem großen Licht einmal mitten ins Geheimnis zu schauen. Den Halsschuß festzustellen, war dem Arzt leicht gefallen, einen tadellosen, sauberen Halsschuß, ein tüchtiger Schütze, der ihm den beigebracht hatte.
Anton, der Mann unter dem Baum, stand auf und machte sich auf den Weg zum Abstieg über die Loserer Hänge. Bald nahm ihn der dunkle Wald auf, der ihn kühl umhauchte, großfächeriges Farnkraut breitete geheimnisvoll und feierlich sich. Eine Strecke lang sickerte mitten im steinigen Weg ein dünnes Rinnsal, breitete sich zwischen den bemoosten Steinen zu kleinen, schwarzen Tümpeln, der Weg wurde so feucht und schlammig, daß Anton ihn verließ, pfadlos neben dem Weg durch den Wald ging.
Der Weg trat aus dem Wald in das Tal hinaus, er wurde breit und ordentlich, wie sich das gehört für einen Talweg, lief weiß und staubig zwischen Wiesen dahin. Auch die kleinen Wasserläufe der Loserer Hänge hatten sich zu einem Bach zusammengetan, der in einem viel zu breiten Bett floß, jetzt, im Sommer, viel zu breit, im Herbst und Frühling wollte ihm das Bett wohl manchmal zu schmal sein, und beide, Bach und Weg, liefen zu dem Dorf, zu dem auch Anton ging. Bach und Weg liefen weiter, durch das Dorf

hindurch, liefen zu anderen Dörfern, liefen weit, vereinigten sich mit anderen Wegen und Wassern, liefen immerzu. Anton blieb.

Das Forsthaus, nicht allzu groß, in das Anton eintrat, lag neben Pfarrhaus und Kirche, und wenn er aus seiner Stube im ersten Stock durchs Fenster auf den Friedhof sah, schien ihm angesichts der vielen Grabsteine und Holzkreuze, es müsse wohl mehr tote Rossöder geben als lebendige.

Als Anton sich wieder erhob am Morgen nach diesem Tag, gut ausgeruht und mit frischem Kopf, und schon Sonne war in seinem Zimmer, wusch er sich lange und sorgfältig. Es klopfte, es kam die Magd mit dem Morgenkaffee, und Anton, nun schon fertig angezogen, setzte sich zum Frühstück, den Rücken gegen das Fenster, das noch von der Nacht her offenstand. Er aß sein Morgenmahl, aß und trank langsam und bedächtig, aber einmal, und wenn die Pausen noch so lang sind zwischen den Bissen, geht jedes Mahl zu Ende. Auch nach beendetem Mahl noch blieb Anton sitzen. Es wär wohl jetzt an der Zeit gewesen, seinem Dienst nachzugehen, aber er ging nicht, Anton, der Mann, tat nun Magddienst, schüttelte sein Bett auf, strich das Leinen glatt, legte die Polster zurecht, machte sich an seinem Schrank zu schaffen, zog Schubladen auf und zu, aber er ging nicht, er blieb im Zimmer, und es war doch Wochentag und nicht Sonntag, und durch das offene Fenster hinaus warf er keinen Blick. So sah er nicht, was draußen war, Himmel und Wald und Feld, und den Friedhof von einer niederen Steinmauer umgeben, und sah nicht, wie sich vorm Friedhof viele Menschen sammelten, Männer und Weiber, die Männer in den schwarzen Anzügen, die sie tragen bei besonderen Anlässen, bei freudigen und bei traurigen, immer ist das Kleid schwarz der schwerfälligen Männer. Er sah nicht, daß Fahnen wehten, umflort, daß die gelben Helme blitzten der Feuerwehrleute, und Federn schwankten auf den grünen Hüten der Schützen. Und daß sich ein Zug bildete, sah er nicht, aber jetzt hörte er, Anton in der Stube, den Klang der Kirchenglocke. Die gleiche Glocke auch läutet bei freudigen Anlässen wie bei traurigen, wie die Männer den schwarzen Anzug tragen in Freude und Trauer, aber wie die Glocke jetzt anschlug, das war Trauer, in kurzen, klagenden Tönen, und beim ersten Schlag war Anton in seiner Stube in die Ecke beim Kleiderschrank zurückgewichen, aber jeder Glockenton drang auch dorthin. Das Läuten hörte auf, es war seltsam still nun, und durch die Stille kamen andere Töne, langgezogen und einförmig, eine tiefe Stimme sang und helle Knabenstimmen antworteten, und die Stimmen lockten Anton zum Fenster. Er stellte sich so, daß er von unten nicht gesehen werden konnte, er hatte wohl Grund zur Annahme, daß manche von unten jetzt hierher zu dem Fenster sehen würden, statt zum Sarg hin, der vorm offenen Grab stand, weihrauchumwölkt. Anton erblickte den Sarg, den Priester im weißen Gewand, die Meßknaben, sah die Weinenden um den Sarg, und so viele Menschen um das Grab, daß der kleine Friedhof sie kaum faßte. Und als jetzt der Sarg in die dunkle Tiefe sank, hörte er das Schluchzen der Trauernden, deren Schmerz aufwallte beim ewigen Abschied. Nun traten Männer vor das Grab, die Kränze hielten und in das Grab hineinredeten, und was sie sagten, konnte Anton nicht verstehen. Ein Mann im gelben Helm sprach, und einer in der Schützentracht, und dann sank alles in die Knie und antwortete dumpfbrausend im Chor den Gebeten des Priesters. Dann warf ein Mann drei Schaufeln Erde in das offene Grab und eine Frau dann, und andere folgten, Männer und Frauen, und auch Kinder waren dabei, und taten ebenso, denen die Mütter die kleine Hand lenkten. Die da schaufelten, nahmen kein Ende, so schien es Anton, und obwohl einzelne schon wieder dem Friedhofstor zugingen, war der trauernde Haufe nicht kleiner geworden, es waren ja nicht nur die Rossöder gekommen zur Beerdigung, aus den Dörfern und Weilern der Umgebung waren sie gekommen, viele und viele.

II

Immer sind die Berge da, und der unendliche Himmel darüber und der Wald auf den Bergen und das Gras in den Tälern und die Dörfer an den Hängen, nur die Jahreszeiten kommen und gehen, und der Frühling ist die kürzeste in den Bergen und geht rasch in den Sommer über, in den kurzen wildaufflammenden Bergsommer, und dann ist bald der klare Herbst da, und am längsten währt der Winter. Auch Menschen sind immer da in den Tälern und auf den Bergen, aber man kann sie vermeiden, man kann ihnen aus dem Wege gehen, die Menschen braucht man nicht. Der Jäger Anton lief auf alle Berge, tagaus und tagein, strich über alle Hänge hin, kroch in Höhlen und ging die Sturzbäche entlang abwärts, stieg über manches Joch und rastete in vielen Karen, bei Tag und bei Nacht, im Abendschatten und in der Morgenröte. Menschen traf er selten auf seinen Gängen, und es ist wahr, manche rückten freundlich den Hut, wenn sie ihn sahen, Holzfäller im grünen Wald und Almer auf den Bergwiesen, und er dankte ihnen freundlich und sprach ein kurzes Wort mit ihnen und lachte auch, aber wohler war ihm, wenn er allein durchs Geröll aufstieg und die Murmeltiere warnend pfiffen vor ihm. Auch im Dorf, das ist wahr, waren Menschen, Männer und Frauen, die ihn unbefangen ansahen und eine Rede mit ihm tauschten. Aber da waren auch andere, die sahen weg, wenn er daher kam, und machten sich mit irgend etwas zu schaffen, oder sahen angestrengt zum Himmel auf, wenn er an ihnen vorbeiging. Anfangs hatte er dann auch zum Himmel geschaut, ob da ein Raubvogel kreise vielleicht, aber da war nichts zu sehen, wußte er bald.

Ja, Xaver war ein munterer Sänger gewesen, jetzt sang er nicht mehr, war ein guter Tänzer gewesen, jetzt tanzte er nicht mehr. Die Mädchen hatten freundlich nach ihm geschaut, und die Frauen auch, und die Männer sogar auch, und war keiner gewesen, der ihn nicht gern gemocht hätte,

Anton nicht ausgenommen. Aber konnte einer singen mit einer Kugel im Hals? Anton hatte ihm die Kugel auch nicht in den Hals geschickt, um ihn am Singen zu hindern. Der Sänger, als er ihn traf, neben der Steinwand, hatte er nicht gesungen. Er war erschrocken, der Jäger Anton, und den er gern sah in der Wirtsstube, hier sah er ihn nicht gern, der einen Stutzen trug – wozu? Der seinen Stutzen hob, der Sänger, gegen den anderen Mann, warum? Der den schwarzen Lauf richtete gegen den Ankömmling, unvermutet aus der Waldschlucht. Anton hatte nicht gewartet, bis der Sänger schoß, hatte zuerst geschossen, war schneller gewesen als der Sänger und hatte in den Singehals geschossen den Sänger, und der war tot umgefallen, ehe er losdrücken konnte.

Nun, er hatte ein männliches Herz, der Jäger Anton, und es ließ sich wohl auch ertragen, daß es Leute gab, die in den Himmel sahen, um ihm nicht ins wohlgebildete Gesicht sehen zu müssen, es war wohl zu dulden, daß im Wirtshaus, wenn er es betrat, manche Gäste eben mit ihrem Bier fertig geworden waren und gingen. Er hatte sich auch daran gewöhnt, daß er, aus seinem Fenster auf den Friedhof blickend, das schöne und große Grabmal vor Augen hatte, das dem toten Sänger gesetzt worden war. Es war ein großmächtiges Steinkreuz, und ein eisernes, schön gearbeitetes Gitter war um das Kreuz, und im Sommer blühten rote und gelbe Blumen dort. Es war vielleicht keine böse Absicht gewesen, Xavers Grabkreuz gerade gegenüber dem Fenster Antons aufzurichten, er übersah ja sowieso von seinem Fenster aus den ganzen Friedhof, aber es wäre immerhin möglich gewesen, eine Grabstelle zu finden, daß er, wenn er aus dem Fenster sah, den Kopf hätte drehen müssen, nach links oder rechts, um sie zu erblicken, jetzt mußte er nach links oder rechts den Kopf drehen, um sie nicht zu sehen. Der Förster, sein Vorgesetzter, hatte ihm einmal vorsichtig angedeutet, daß er auch ein anderes Zimmer haben könne, ein Zimmer nach vornheraus, auf die Straße heraus. Aber Anton hatte

abgelehnt, und der wohlmeinende Mann war nicht mehr auf seinen Vorschlag zurückgekommen.
Er hatte ein männliches Herz, Anton, der Jäger, und warum sollte er nicht das Grab vor Augen haben, in dem der von ihm Erschossene lag? Er hatte nichts Unrechtes getan, er hatte Schweres getan, aber es ist ja nur rühmlich, Schweres zu tun, und dazu zu stehen. Und er hatte einen Brief vom hohen Amt, in dem ihm ausdrücklich die Anerkennung für sein pflichtgetreues Verhalten ausgesprochen worden war.
Er hatte ein männliches Herz, Anton, der Jäger, das machte sich nichts daraus, daß Leute, die ihm begegneten, den hohen, blauen Himmel anschauten, oder wenn es sich was daraus machte, so trug es die Mißachtung mit Würde und Stolz und Trotz, und den Kopf hob Anton dann nur immer höher. Einmal aber senkte er bei einer Begegnung den Kopf tief, und sein Herz schlug hart und laut und fast anklägerisch, das war an einem schönen Maimorgen.
An einem schönen Maimorgen kam er von einem Dienstgang den Lufflattlweg herabgestiegen. Er war schon seit der ersten Frühe auf den Beinen gewesen, er hatte sich des schönen Wegs gefreut, der Wald war jung, ja, der alte, urgraue, bärtige Wald, der düstere, er war wieder jung geworden, wie das die Menschen nicht können, die einmal alt sind, der Wald konnte das, er war wieder jung und roch freudig und frech, schwenkte die jungen Triebe, das Gesträuch zu Füßen der Stämme war gelbgrün und zart und lusterregt, blau blitzte der Himmel zwischen den Wipfeln. Nun mündete der Lufflattlweg in ein Wiesental, die Hänge zu beiden Seiten waren von lichtem Jungwald bestanden, auf einem abgeholzten Platz wucherten Brombeersträucher, gelber Löwenzahn war schon aufgeblüht, und die Luft war grünkühl. Er kam bis zum Martinskreuz, da stieg aus einem Stück Buchenwald zur linken Hand ein Weg herab, von Frommsreuth herab, und den Weg daher kam eine Frau, eine noch junge Frau in bäuerlicher Tracht, und die Frau erkannte ihn sofort, und blieben beide stehen.

Man hatte früher in Rossöd gemunkelt, daß der Jäger Anton der Maria schöne Augen mache, aber wenn das wahr war, dabei war es auch geblieben, zu mehr war es nicht gekommen, und dann war es ja auch ganz und gar unmöglich geworden, daß je mehr daraus werden sollte, und Maria hatte einen Dienst in Frommsreuth angetreten. Anton hatte sie seit dreiviertel Jahren nicht mehr gesehen, und daß sie heut im Sonntagsstaat an einem Werktag des Wegs kam, war nicht so verwunderlich, vielleicht ging sie zu einer Hochzeit oder einer Taufe oder einem Begräbnis.
Sie blieben beide stehen, er spürte eine Kälte im Gesicht, er war bleich geworden. Fürchtete er, daß sie zum blauen Himmel aufsehen würde, um einen unsichtbaren Raubvogel zu betrachten? Sie blickte nicht zum blauen Himmel auf, sie sah ihm voll ins Gesicht. Wie sah sie dem Xaver ähnlich, ihrem Bruder!
Sie sah ihm voll ins Gesicht, Maria, Xavers Schwester, seit der einzige Bruder tot war, ganz allein auf der Welt, Dienstmagd in Frommsreuth. Nun stand sie vor dem Mann, der ihr den Bruder hatte nehmen müssen, der ihr früher einmal schöne Augen gemacht hatte, niemand wußte, wie ihr das getan hatte, auch er nicht, Anton, der Jäger. Wenn ihr es gefallen hatte, sein Blickegirren, und wenn sie Hoffnungen darauf gesetzt und geglaubt hatte, daß es bei den schönen Augen nicht bleiben würde, der Schuß an der Bschöllwand hatte dem allen ein Ende gemacht.
Man spricht oft von großer Liebe, die alles überwindet, aber so groß war ihrer beider Liebe wohl nicht. Es soll Zeiten gegeben haben und Länder und soll sie noch geben, wo der Mann, der den Bruder niederschießt, die Schwester heiraten muß, um wieder gutzumachen. Aber ein solches Land war hier nicht, und Anton, der Jäger, hatte ja auch nichts gutzumachen, kurz, derartiges kam ihnen gar nicht in den Sinn, und es war schon sehr viel, daß Maria nicht zum blauen Himmel aufschaute nach einem Bussard oder einem Falken oder auch nur nach der Krähe auf der Tanne dort, daß sie

ihm voll ins Gesicht sah und dann den Mund auftat nicht zu einem unguten Wort, daß sie »Grüß Gott, Anton«, sagte und nicht erstaunt war, daß er den Gruß nicht erwiderte, und dann weiterging. Er sah sich nicht um, als sie ging, sah ihr nicht nach, blieb stehen beim Martinskreuz, lange.
Blieb stehen beim Martinskreuz, lange, sah dem steinernen Mann am Kreuz ins Gesicht, wandte sich dann um, sie war entschwunden, ein leiser Wind war im hellgrünen Buchenwald, er lauschte nicht dem Wind, lauschte noch den drei Worten, die die Magd gesprochen hatte, und ging seinen Weg weiter.
Anton lebte sein Leben gehend, gehend in Hitze und Kälte, in Frühlingsstürmen und in herbstlichen Regengüssen, er ging nicht, um ein Ziel zu erreichen, er ging seinen Weg, das war sein vorgeschriebener Dienstweg zwar, aber er ging ihn gerne, er lebte nur, wenn er ging. In der Stube schlief er und aß er und rastete er, aber es hielt ihn nichts in der Stube. Es gab keine Frau, die gewartet hätte in der Stube, bis er herabgestiegen kam von den Bergen, und so machte er oft noch einen Umweg, ehe er nach Rossöd einbog, er verharrte auf einer Waldblöße, er stand vor einem Ameisenhaufen, sah die schwarzen Tiere wimmeln, hielt sein Gesicht über den Bau, roch die Ameisensäure, betäubend.
Der Förster, der ihm schon einmal eine andere Stube anbot im Haus, hatte ihm auch von einer Versetzung gesprochen, aber Anton hatte abgelehnt, gebeten sogar, ihm seine Stelle hier zu lassen. Der Förster hatte das begriffen. Anton, der Jäger, wollte nicht weichen von den Bergen und Tälern hier, es hätte wie Flucht ausgesehen, hätte wohl gar als schlechtes Gewissen gedeutet werden können, und er hatte ein gutes Gewissen.
An der Bschöllwand kam er manchmal vorbei, wo eine Tafel an den toten Sänger Xaver erinnerte, oft mit Blumen geschmückt. Es kam wohl niemand so häufig an die Bschöllwand und die kleine Tafel, wie Anton, und wie der streifende Jäger aus freien Stücken, über seine Dienstpflicht hin-

aus, den Wegwart macht und den Pfleger seines Bezirks, eine neue Holzrinne an einer Quelle anbringt, eine Wegtafel, wacklig geworden, festnagelt, einen Stamm, den der Wind über den Weg geworfen hat, forträumt, so kam es auch vor, daß Anton von der Erinnerungstafel an den erschossenen Sänger Xaver einen trocken gewordenen Blumenstrauß nahm und einen frischen Fichtenzweig dafür schmückend anbrachte.

Anton, der Jäger, stammte nicht von Rossöd, er war in einem anderen Teil des Gebirges aufgewachsen, hatte auch schon anderswo Dienst getan, und als er damals, vor vier Jahren, nach Rossöd versetzt worden war, war es ihm nicht in den Sinn gekommen, daß er nun für immer in Rossöd sollte bleiben. Erst seit dem Zweikampf an der Bschöllwand war es gekommen, daß ihm schien, nun sei hier seine Heimat, die er nie mehr wolle verlassen. Er würde es schon fertig bringen, daß man ihn nicht versetzte, er wollte hier bleiben, selbst wenn anderswo eine besser bezahlte Stellung für ihn frei würde, und wenn er Beförderungshungrigen freiwillig den Vorrang ließ, was sollte dagegen sprechen, ihn für immer hier zu belassen?

III

Als Anton heut am späten Nachmittag aus dem Wald herabgestiegen kam und Rossöd vor sich liegen sah, hemmte er den Schritt, als erschrecke ihn der wohlvertraute Anblick. Aber dann ging er mit verdoppelter Eile weiter, und erst als er die ersten Häuser des Orts erreicht hatte, ging er langsam, langsamer als sonst, sah nach links und sah nach rechts, bereit, feindseligen Blicken seine gleichmütigen entgegenzusetzen, aber das war nicht notwendig, denn der einzige Mensch, dem er begegnete, ein alter Bauer, grüßte freundlich und in Harmlosigkeit. Und daß ein paar Burschen, die auf

der Bank vor dem Wirtshaus saßen, sich durch die Tür ins Haus schoben, als er herankam, konnte auch Zufall sein, und vielleicht hatten sie ihn gar nicht gesehen, und so war ihm fast, als habe das Dorf den Tag vergessen. Aber als er, in seinem Zimmer angekommen, eilig zum Fenster trat, wußte er gleich, daß dem nicht so war. Die Kreuze blitzten drunten, der Friedhof blühte und wucherte wie ein Garten, schwoll heftig und bunt von Blumen, strotzend waren die Pflanzen, die aus der Erde der Toten wuchsen. Und zu Füßen des steinernen Grabkreuzes des Sängers lagen Kränze, die gestern nicht dort gelegen waren: ein großer Kranz aus Fichtenzweigen, weiße und rote Papierrosen waren hineingeflochten, kleine Kränze aus Alpenblumen und ein schillernder Kranz aus gläsernen Perlen.
Man hatte also wohl daran gedacht, daß auf den Tag genau heut vor einem Jahr der Schuß an der Bschöllwand gefallen war. Anton trat vom Fenster zurück, ging an ein kleines Wandschränkchen, holte sich Pfeife und Tabak heraus und stopfte die Pfeife und setzte sie vorsichtig in Brand und blies die ersten Rauchwolken ruhig von sich.
Die Abendsonne schien voll in das Zimmer, daß die weißen, blanken Bodenbretter glänzten und unsäglich sauber aussahen. Anton freute sich über diese Sauberkeit, freute sich über die Ordnung, die er im Zimmer hielt, wo alles und jedes stets an dem Platz sich befand, an den es gehörte. Da hing sein Hut und sein Rucksack, da schimmerten die Gewehre, da war der hölzerne Hirschkopf mit dem braunen Geweih und den schwarzlackierten fröhlichen Augen, da war sein Waschtisch, die weiße Schüssel glänzte und der weiße Krug. Die Stube war getäfelt, mit hellem, ungestrichenem Holz, auch die Stubendecke war aus Holz, es war schön hier, spürte Anton, schön für die paar ruhigen Stunden, da er nicht ging und stieg und kletterte durch Fels und Geröll und Wald.
Schön war der Friede hier, spürte er, und trat wieder zum Fenster. Dem großen Grabstein des fröhlichen toten Sängers

hatten sich nicht nur die Kränze der Erinnerung gesellt, die Anton schon vorher bemerkt hatte. Das Grab hatte jetzt auch Besuch erhalten von einem Trupp von Burschen, von Freunden wohl des Sängers, die den ganzen Tag gearbeitet hatten, so daß sie unter Tags das Grab nicht hatten besuchen können und es nun des freien Abends nachholten, das galt dem Toten wohl ebensoviel wie ein Tagbesuch. Die Burschen waren nicht im Innern des Friedhofs, sie standen jenseits der niedrigen Mauer, von dort aus konnten sie das Grab gut genug sehen. Es war ein gutes Dutzend von Burschen, und einer von ihnen sprang jetzt auf die Mauer und sah zum Fenster hinauf, an dem Anton stand, und hielt die Hand vor die Augen, spähend, und beugte sich spähend weit vor, er tat das in einer übertriebenen Weise, er wollte den Burschen, die unter ihm standen, klarmachen, daß er nach jemand ausluge, und auch der Mann am Fenster sollte nicht daran zweifeln, daß nach ihm ausgespäht wurde.
Der Mann am Fenster zweifelte nicht daran, sein Herz schlug einmal stark und mächtig an seine Brust, dann pochte es im gewöhnlichen Gang weiter. Der Mann auf der Mauer streckte den Arm aus zur Gruppe seiner Begleiter, mit einer weit ausholenden Bewegung, übertrieben weit ausholend, er tat wie einer, der auf der Bühne steht und alles recht unterstreicht, daß nur kein Zweifel aufkommen kann, was seine Bewegungen zu bedeuten hätten. Einer aus der Gruppe reichte ihm einen in ein schwarzes Tuch gehüllten Gegenstand, und der Mann auf der Mauer öffnete langsam den schwarzen Sack, und nun blitzte es gelb in der Hand des Mannes, er hielt ein Waldhorn mit einer wilden Bewegung hoch, und die Abendsonne spiegelte sich darin.
Dann setzte er das blitzende Horn an den Mund und fing zu blasen an und blies ein wunderlich getragenes Lied. Anton wußte wohl, daß es des Toten Lieblingslied gewesen war, was jener blies, und der, der blies, der tat, als blies ers nicht dem Toten, als blies ers dem lebenden Anton. Er hielt die Augen während des Blasens unverwandt auf Anton gerich-

tet, als bringe er ihm ein Ständchen, und die Töne drangen über das geschmückte Grab hin und drangen herauf zu Anton, und was der Tote nicht mehr hörte, das hörte der Lebendige.
Da blies er, der Freund, der Rächer, jetzt scholl es klar und rein her zu Anton, da blies er, die Augen zum offenen Fenster im Forsthaus gerichtet, und die Burschen sahen zu dem offenen Fenster, und an den Toten unten dachte jetzt keiner, alle dachten nur an den lebendigen Mann in der Stube.
Da blies er, der Freund, der Rächer, das Waldhorn blinkte, die Töne kamen süß und schön, er blies gut, des toten Sängers Freund, und Anton dachte: er bläst wie die Posaunen des Gerichts! Das fiel ihm ein, Posaunen des Gerichts, wie er in der Schule vom Pfarrer gehört und es sich gemerkt hatte.
Posaunen des Gerichts, dachte er, und ich bin doch unschuldig! Posaunen des gerechten Gerichts, dachte er, nur Engel dürfen diese Posaunen blasen, dachte er, Engel, im Auftrag eines, der sich nicht irrt, und woher hatte dieser den Auftrag? Und der Engel mit dem Flammenschwert fiel ihm ein, er brachte die Engel durcheinander, der Engel mit dem Flammenschwert, der Adam aus der Heimat gewiesen hatte. So blies ihn jetzt der aus dem Rossöder Tal hinaus und aus dem Frieden seiner Stube, der Mann mit dem flammenden Waldhorn, der böse Engel mit den schmetternden Tönen, der die Toten nicht wecken konnte aus dem Schlaf, aber den Rossödern die Erinnerung weckte. Und wie er jetzt blies, so würde er noch oft blasen, würde noch oft da unten auf der Mauer stehen, von Burschen umringt. Und die Rossöder würden es hören, und die Berge und Wälder würden es hören, und immer würden die Rossöder zum Himmel aufsehen nach einem Raubvogel oder einer Wolke, wenn sie Anton begegneten, und es würde kein Friede werden zwischen Anton, dem Jäger im Rossöder Tal, und den Menschen im Rossöder Tal.
Anton, der Jäger, war ruhig, er war ganz ruhig, ruhig nahm er ein Gewehr von der Wand. Er hatte auf die Tiere des

Waldes angelegt, oft, auf das Reh und den Hasen und den Fuchs, und nie hatte sein Arm gebebt, und er hatte auch schon mit festem Blick auf Menschen gezielt, er hatte es bewiesen, im Frieden und im Krieg. Nun kam sein Meisterstück, und seine Hand durfte nicht zittern, da es einen Schuß galt auf den bösen Engel der Rache und des Hasses und der Ungerechtigkeit. Er hob das Gewehr, in der Stubenmitte stehend, daß ihn die Burschen unten nicht sahen, das flammende Horn blinkte gelb und teuflisch, es sang süß und falsch und ungerecht, er legte an und schoß, schoß nicht daneben und traf, was er hatte treffen wollen, dank seiner ruhigen Hand.

IV

Die Burschen unten an der Friedhofsmauer waren alle etwas kleiner geworden, das kam, sie waren etwas in die Kniekehle gesunken alle, aber sie richteten sich wieder auf dann und sprangen einen Schritt zurück dann, wie einem Befehl gehorchend, den sie alle hörten, und während sie sanken und dann sprangen, sahen sie, wie das blitzende Waldhorn im Bogen in die Luft fuhr, und sahen, wie der Bläser die Arme hoch warf und taumelte und sahen beide dann, den Bläser und das Horn, neben der Mauer ins Gras fallen. Und sie hatten ja den Schuß vernommen, und wußten, warum Horn und Bläser fielen, und wußten, woher der Schuß gekommen war.

Es war auf einmal sehr still geworden, nur das Lied schien noch in der Luft zu hängen, es hatte ein paar Augenblicke niemand gesprochen, aber nun schrien ein paar, nun fluchten andere, schrien durcheinander, schrien zum offenen Fenster hinauf, fuchtelten zum offenen Fenster hinauf, verzerrten Gesichtes. Er hat an einem noch nicht genug! schrien sie, er will uns alle noch erschießen, schrien sie, schlagt ihn tot! schrien sie, und werft seine Leiche in den Bach! schrien sie.

Dann setzte sich der Haufen in Bewegung zum Forsthaus, nicht um die Friedhofsmauer herum, der Umweg war zu groß, sie schwangen sich auf die Mauer, sprangen in den Friedhof hinab, rannten brüllend quer durch den Friedhof. Wenn die Burschen hintereinander gelaufen wären, hätten sie auf den schmalen Steigen zwischen den Gräbern gehen können, aber sie blieben zusammen, sprangen über die Gräber, zertraten Blumen, zerstampften mit den schweren Nagelschuhen die Grabsteinfassungen, einer stolperte im Efeu, riß sich los, die grünen Schlingen ums Knie, aber sie hielten ihn nicht. Sie erreichten gleichzeitig wieder die Mauer, stürmten die Mauer, es war wie im Krieg, wenn ein Erdwerk genommen wird, sprangen drüben auf den Weg und waren mit ein paar Sprüngen an der Rückseite des Forsthauses, drängten zur Tür, und weil die Tür schmal war, konnten sie nicht zusammen und gleichzeitig hindurch, es mußte einer nach dem andern hindurch, nur manche, die sich ganz dünn machten, indem sie, die Rücken gegen die Türpfosten, Gesicht gegen Gesicht, sich durchzwängten, konnten gleichzeitig ins Haus. Die ersten polterten schon oben im hölzernen Gang, als die letzten noch am Fuß der Treppe waren.

Aber dann waren sie alle in dem Zimmer, aus dem der Schuß abgefeuert worden war, soviel Leute auf einmal waren noch nie in der Stube gewesen, sie schoben sich und stießen sich und schrien und rissen die Schränke auf und warfen die Kleider auf den Boden und traten darauf herum und holten die sauberen Hemden aus den Schubladen und verstreuten sie und fluchten und schrien.

Dann wurden sie ruhiger und sahen sich in die erhitzten Gesichter, und als einer sagte, daß man ihm nachlaufen müsse, dem Geflohenen, sagten die anderen, daß es doch auch noch eine Polizei gäbe im Lande, und daß es genüge, den Schuß zu melden, und sie sahen auf ihre Füße hinab, die auf der sauberen Wäsche standen, und fingen an, mit den Füßen die Wäschestücke gegeneinanderzuschieben, und

so ein wenig Ordnung zu machen, und die Wäsche in eine Ecke zu bringen, auf einen ordentlichen Haufen zu bringen, aber ohne sich zu bücken, nur mit den Füßen.
Dann gingen die ersten, einige standen noch unschlüssig herum eine Zeitlang, und der letzte, als er schon unter der Stubentür stand, trat noch einmal in die Stube, bückte sich, nahm mit beiden Armen das Wäschebündel hoch, das in der Ecke lag, setzte es auf das Bett und ging auch.
Dieser letzte verließ das Forsthaus wieder durch die hintere Tür, schwang sich über die Mauer und sah, wie von des Sängers Grab her eine wüste, breite Spur lief durch den menschenleeren Friedhof, quer durch die Gräberreihen, grabschänderisch und abscheulich, und auf seinem Weg zum hohen Grab Xavers richtete er da einen Strauch wieder hoch, schob ein Gitter ein wenig zurecht, ebnete eine tiefe Fußspur, die sich in einen Grabhügel geprägt hatte, und bei Xavers Grab setzte er wieder über die Mauer und sah auch das blinkende Waldhorn liegen, wie er es sich gedacht hatte.
Und er hob es auf und betrachtete es und sah den Einschuß, der glatt und rund und klein, und den Ausschuß, der zackig und groß war. Da hatte er nun sein Eigentum wieder, das ihm vor einer Viertelstunde aus der Hand geschossen worden war, und er legte den Finger an die Wunde, die das Metall trug und aus der kein Blut floß, das geflossen wäre, wenn die Kugel seine Brust getroffen hätte. Er setzte das Horn an den Mund und blies, es kam kein Ton, nur ein leises Fauchen tönte, aber er blies das Lied zu Ende, von der Stelle an, wo ihn die Kugel unterbrochen hatte, er wußte sie noch genau. Und er war kein böser, flammender Engel, Schlangenhaare um das Haupt und goldgepanzert, er war ein Bauernbursch aus Rossöd, und aus der Hosentasche holte er den schwarzen Sack, steckte das Horn in den schwarzen Sack und machte sich auf den Weg ins Wirtshaus zu den andern.

V

Die Stube im ersten Stock des Forsthauses war längst wieder in Ordnung. Die Gewehre hingen an ihrem Platze, die Wäsche lag sauber im Schrank, die Uhr tickte, der Ofen wärmte im Winter, und jetzt, da wieder Sommer war, stand das Fenster offen und der Bewohner der Stube, der hemdärmelige Jäger, sah pfeiferauchend aus dem Fenster, auf den Friedhof, auf die Gräberreihen und auf das prunkende, großmächtige Grab des Sängers Xaver.
Die Jägerstelle war rasch wieder besetzt worden, und Anton war nicht wieder zurückgekehrt, um dem neuen Mann den Platz streitig zu machen. Er hätte seine Stelle vielleicht doch behalten dürfen, Anton, der Jäger, oder er wäre an einen anderen Ort versetzt worden, trotz des Schusses. Man hätte sich vielleicht damit begnügt, ihm einen Verweis zu erteilen, in Rücksicht auf die große und begreifliche Erregung, in der er gehandelt hatte, immer in der Voraussetzung, daß er nicht die Absicht gehabt hatte, den Waldhornbläser zu erschießen, und das schien sehr wahrscheinlich, denn ein so guter Schütze, wie es Anton war, hätte auf eine so kurze Entfernung die Bläserbrust nicht gefehlt, wenn er auf sie angelegt gehabt hätte. Er hatte nur das tönende, ungerechte Horn zum Verstummen bringen wollen, nahm man an, und das war ihm gelungen.
Aber er war nicht mehr zurückgekehrt seit jenem Abend, hatte Kleider und Wäsche und all sein weniges Zeug zurückgelassen, hatte sich auch nicht mehr brieflich oder mündlich bei seiner Behörde gemeldet. Strafverfolgung gegen ihn war nicht eingeleitet worden, nur im Verordnungsblatt war ein halbes Jahr später zu lesen gewesen, daß er ohne Ruhegehaltsansprüche aus dem Amt entlassen worden sei.
Einige erzählten, sie hätten am Tage nach dem Schuß auf das Waldhorn einen Mann, in dem sie Anton zu erkennen glaubten, durch ein Geröllfeld absteigen sehen, besser, abfahren sehen, denn das lockere Geröll habe bei jedem Schritt

nachgegeben und den Mann immer ein paar Meter abwärts getragen. Warum er nicht den Fußweg benutzte, der neben dem Geröll gemächlich hinabführte, konnten sie sich auch nicht erklären.
Andere erzählten, sie hatten es nicht selber gesehen, hatten es erzählt bekommen, man habe Anton, den Jäger, absteigen sehen durch einen Latschenwald, das Gesicht gepeitscht von den grünen, harten Nadelbüschen, ausgleitend auf den schlangenartigen Wurzeln, stürzend, sich fangend an den schwingenden Ästen, hängend an den krummen Stämmen, untertauchend in den schlagenden Wipfeln, sich wieder hocharbeitend mühsam, einen Latschenwald abwärts, und daneben sei ein bequemer Weg gewesen, und den habe er nicht benützt.
Andere wieder sagten, man habe einen nackten Mann gesehen, bis an die Brust im kalten Wasser des Bergbaches sitzend, die Brust der Strömung entgegen, den Rücken an einem großen Felsblock und mit den Händen das Wasser platschend, einen fröhlichen Badenden, und das sei Anton, der Jäger, gewesen, am Tage nach dem Schuß.
Später, nach Jahren, erzählte man sich, man habe den Jäger Anton gesehen in einer großen Stadt, im Flachland, weit weg am Meer, aber es wußte niemand Genaueres, es konnte auch geflunkert sein.
Wie es wahrscheinlich auch geflunkert war, daß er übers große Wasser nach den Vereinigten Staaten gegangen sei.
Viele begriffen überhaupt seine Tat nicht und erklärten, sie, an seiner Stelle, hätten nach dem Schuß an der Bschöllwand sich einfach versetzen lassen, das Gebirge sei groß, Rossöd sei nicht die Welt, anderswo lasse sich auch leben, und eine feste Stelle mit Ruhegehaltsansprüchen hätten sie nie und nimmer fahren lassen.
Und schlimmstenfalls, sagten diese, sie, an Antons Stelle, wären auch in Rossöd geblieben. Das Waldhornlied, einmal im Jahr, das hätten sie schon ertragen, und einmal hätte der Waldhornbläser wohl auch aufgehört zu blasen, Anton hätte

nur warten sollen, und wenn man es recht bedenke, er habe im Dienst gehandelt, und heute hätten es ihm alle schon vergessen und verziehen, und nannten ihn voreilig und heftig.
So ging die Rede um Anton, den Jäger, in Rossöd und in den Tälern um Rossöd, und ein Senn auf der Kümmerlesalp dichtete ein Lied über Xaver, den Sänger, und Anton, den Jäger, und das sangen die Burschen oft abends, im Wirtshaus, auch auf den Bänken vor den Häusern, wenn sie zusammensaßen, drei oder vier.
Sie sangen, und die Wälder rauschten, der Himmel war blau und zitternd heiß im Sommer, ein Wind kam von den Bergen, große, weiße Wolken trieben am Himmel hin, die Bäche stürzten zu Tal, die Holzfäller schlugen schallend zu, und manches Reh fiel im Feuer zusammen, im brechenden Blick den wehenden grünen Strauch und im Ohr den wilden Donner des Schusses.

Der Eisläufer

Ich war dreizehn Jahre alt, als es sich so fügte, daß ich meinen Vater auf einer Winterreise durch eine Reihe von Städten im Westen Deutschlands begleiten durfte. Meine zwei jüngeren Brüder waren von einer zwar nicht gefährlichen, aber lästigen und ansteckenden Krankheit befallen worden, und um mich davor zu bewahren, daß mir das gleiche geschähe, suchten meine Eltern nach einer Möglichkeit, mich irgendwohin in Sicherheit zu bringen. Aber es lebten uns keine Verwandten in der Nähe, die mich hilfreich hätten aufnehmen können, und der Absicht, mich für eine Weile einer klösterlichen Erziehungsanstalt anzuvertrauen, war von mir mit so viel unerwartet heftiger, ja störrischer Abwehr begegnet worden, daß man endlich verzichtete, darauf zu beharren. So kam es, daß man zuletzt auf einen Ausweg verfiel, der von mir begierig willkommen geheißen wurde, den aber meine Eltern nur ungern beschritten: mich meinem Vater mitzugeben, der gerade jetzt eine längere Geschäftsreise anzutreten hatte, die nicht hinausgeschoben werden konnte. Obwohl die wunderbare Winterfahrt, die mir nun bevorstand, als durch die Umstände erzwungen sich erwies, versuchte man nun doch, und das hielt man wohl aus erzieherischen Gründen für notwendig, so zu tun, als würde mir eine große, aus freien Stücken gnädig gewährte Auszeichnung zuteil, deren ich mich durch besonderes Wohlverhalten als würdig zu zeigen hätte. Ich durchschaute natürlich diese elterliche List, hütete mich aber, mir das anmerken zu lassen, doch mächtig regte sich in meiner Brust das Gefühl, den Brüdern dankbar sein zu müssen, so, als hätten sie sich nur deshalb mit fiebrig roten Köpfen ins Bett gelegt, um mir das Abenteuer des unerwarteten Ausflugs zu verschaffen.

Nun war noch zu überlegen, wie man mich während der Reise, besonders an den Vormittagen, deren keiner meinem Vater zur freien Verfügung stehen würde, beschäftigen sollte. Ich selbst war es, der da einen Vorschlag zu machen hatte. Seit vierzehn Tagen war ich ein begeisterter Anhänger der Eislaufkunst, und warum sollte ich nicht die vielen Stunden, die ich allein zu verbringen haben würde, dazu nützen, mich in dieser gesunden und kräftigenden Übung zu vervollkommnen? Aber die mir längst versprochenen neuen Schlittschuhe müßte ich dann jetzt bekommen, darauf bestand ich mit Festigkeit, mit den alten, rostigen, die ich von einem Freund gegen einige Briefmarken aus meiner Sammlung eingetauscht hatte, konnte ich mich unmöglich auf den Eislaufplätzen der fremden Städte sehen lassen. Man willigte ein, und noch am selben Nachmittag durfte ich mit unserem Dienstmädchen in die Stadt gehen und mir, vor Freude zitternd, die neuen Schlittschuhe aussuchen.
Am andern Tag, in aller Frühe, von der Mutter vorher noch mit vielen Ermahnungen bedacht, ging ich mit meinem Vater zur Bahn. Die Schlittschuhe hatte ich nicht in den Koffer packen lassen, ich trug sie an einem hellbraunen, noch etwas steifen Lederriemen über der Schulter, und im Zug hing ich sie über meinem Kopf an einem der Messinghaken des Gepäcknetzes auf. So oft sie dann aneinander stießen, die glänzenden, erinnerte mich ihr leises Klirren an ihr glückverheißendes Vorhandensein.
Wir waren bei völliger Dunkelheit abgefahren, im Abteil brannte noch Licht, und ich schlief immer wieder einmal ein wenig ein, wachte aber auf, so oft der Zug am Bahnhof einer kleinen Ortschaft hielt, und sah dann draußen die trüb erleuchteten Fensterscheiben der Häuser, und schwarze Gestalten im tiefen Schnee, die sich durch Aufstampfen warm zu machen versuchten, oder ihre frierenden Hände behauchten. Dann kam die Dämmerung, das Zwielicht wich einer blendenden Schneehelle, der Tag war da, der erste Tag unserer Reise, und der Schlaf war mir nun gänzlich vergangen.

Ich nahm, und spähte heimlich zu meinem Vater hinüber, ob er es wohl auch bemerke, mein Schullesebuch hervor und begann, wie uns das gestern der Lehrer zu tun aufgebürdet hatte, ein langes Gedicht zu lernen. Aber ich kam nur mühsam voran, die gereimten Zeilen purzelten mir immer wieder durcheinander, und als ich erkennen mußte, daß mein Vater gar nicht auf mich achtete, meinen mit Bedeutung zur Schau getragenen Fleiß nicht zu würdigen schien, und es ihm nicht im mindesten einfiel, mich Heuchler zu loben, weil er mit seinen Gedanken abwesend war, und mich nur hin und wieder freundlich, aber offenbar mit anderem sehr beschäftigt wie aus einem Traum heraus anlächelte, legte ich das Buch still und erleichtert und auch ein wenig gekränkt zur Seite. Ich stellte meine Füße auf die Heizung, faltete die Hände zwischen den Knien und sah zum Fenster hinaus. Es war schön, so warm und behaglich durchgerüttelt im Zug zu sitzen, während draußen die weiße Landschaft vorbeiflog, mit Dörfern und Kirchen und einsamen Gehöften. Hin und wieder stand ich einmal auf, um meine Schlittschuhe, mit einem zärtlichen Blick sie betrachtend, an einen besseren Platz zu hängen, wohl auch in der Hoffnung, es möchte einer der Mitreisenden ein bewunderndes Wort über sie sagen, aber keiner tat es der stumpf Gleichgültigen, die ihre Zeitungen lasen oder in die Ecke gedrückt zu schlafen versuchten. Nach vielen Stunden dann, als mir die Lust, aus dem Fenster zu schauen, schon recht schal geworden war, nimmer hätte ich das zuerst für möglich gehalten, und die Langeweile anfing, mich unruhig und verdrossen zu machen, stiegen wir am Nachmittag endlich aus: unser erstes Reiseziel war erreicht.

Und am andern Morgen führte mich mein Vater auf den Eislaufplatz der fremden Stadt. Bebend vor Eifer schraubte und schnallte ich die neuen, blitzenden Eisen an die Stiefel und wagte mich auf die spiegelnde Fläche. Es waren fast ausschließlich Kinder, die an diesem Vormittag auf dem Eis sich tummelten. Lustig brannte die Sonne herab, die Stunden

verflogen, während ich, süß berauscht von der neuen Freiheit, lernte und übte, und als mein Vater um die Mittagszeit kam, mich abzuholen, lief ich ihm lachend, mit roten Backen, und in meinem zu warmen Mantel glühend, im kecken Bogen entgegen, stolz über die Gewandtheit, die ich mir nun schon erworben hatte in der klirrenden Kunst.
Tag um Tag ging das nun so. Wir fuhren von Stadt zu Stadt, in keiner verbrachten wir mehr als eine Nacht. Mein Vater verwandte die Vormittagsstunden für seine Geschäfte, ich lief indessen auf immer einem anderen Eisplatz meine Bogen, vorwärts und rückwärts, mit immer größerer Gewandtheit, und hatte schon den großen Achter zu fahren gelernt, mit dem ich, heimgekehrt, mächtigen Eindruck zu machen gedachte. Nachmittags, während mein Vater im Gasthofzimmer seine schriftlichen Arbeiten erledigte, saß ich neben ihm, der seine Pfeife rauchte, Mann bei Mann, fühlte ich mit Stolz, wenn sichs auch mühsam atmete in dem Qualm, rechnete und trieb ein wenig Latein, und das schwer zu behaltende Gedicht konnte ich längst ohne Anstoß herunterschnurren. Es war eine herrliche Zeit, die sich aber nun bald ihrem Ende zu neigte.
Von daheim waren gute Nachrichten eingetroffen, den Brüdern ging es viel besser, in ein paar Tagen schon, schrieb die Mutter, würden sie das Bett verlassen dürfen. Wir waren am späten Nachmittag in einer kleinen, alten Stadt angekommen, die nahe der holländischen Grenze lag, und übermorgen würden wir die Heimfahrt antreten, hatte mir der Vater froh verkündet, mir tats leid. Es war inzwischen wärmer geworden, und man erwartete neuen Schnee. Der Himmel zeigte eine gleichmäßig grüngrau schimmernde Färbung, wie man sie manchmal an Muscheln sieht. Ich erinnere mich der schönen Stadt noch genau und ihrer gewinkelten, dunklen Gassen. Eine uralte Kirche mit zwei mächtigen viereckigen Türmen, auf eine schroffe Anhöhe gebaut, überragte weithin sichtbar den Ort und war den Besuchern zugänglich nur über eine Steintreppe mit unzählig vielen Stufen. Und weil mein

Vater es für nötig hielt, sich die Haare schneiden zu lassen, in einem kleinen Laden am Fuß des Kirchbergs, so erlaubte er mir, inzwischen allein zur Kirche hinaufzugehen – in einer halben Stunde dann sollte ich ihn im Laden wieder abholen. Bald war ich droben, und vom Kirchplatz aus in die Ferne spähend, konnte ich Himmel und Erde in dem eintönigen Grau kaum unterscheiden, und mir war, wie ich so stand, mit dem Rücken an die kühle Wand der Kirche gelehnt, als blicke ich in das Innere einer ungeheuren Höhle, in die nur vom Eingang her ein wenig gedämpftes Licht fiel. Eine breite Straße, die, von weither kommend, sich in einer riesenhaften Schleife um den Fuß des Kirchbergs legte und dann gegen Westen in das fast ebene Land hinaus lief, schien mir die in der Höhle hausende verzauberte Schlange zu sein.
Es begann dunkler zu werden, auf den Schnee des Kirchplatzes warf eine Lampe einen runden, rötlichen Fleck, und die Türme, wenn ich nach oben schaute, verschwanden mit ihren Hauben in dem tief herabsinkenden Himmel. Auch läuteten nun die Glocken. Danach bevölkerte sich die große Landstraße tief unten, die sich in der Dämmerung nur noch undeutlich erkennen ließ, mit schwarzen Gestalten, mit Männern, die breitrandige Hüte auf den Köpfen hatten, und mit Frauen in wehenden Röcken. Sie hatten fast alle größere oder kleinere Bündel im Arm, oder trugen zu zweien an einer Last, die zwischen ihnen an Schnüren hing. Und da und dort gehörte zu einer Gruppe Erwachsener auch ein Kind, dessen rote Mütze wie ein Irrlicht schwach leuchtend dahinwanderte. Die Stelle, wo die vielen Leute aus den engen Stadtgassen hinaus auf die freie Landstraße treten mochten, war meinem Blick verborgen. Ich sah die Gestalten alle unter einem Felsvorsprung hervortauchen und dann in merkwürdigen Bewegungen, weit und ruhig ausholend und wie schwankend in der Dunkelheit dahinziehen, und ich brauchte lange, bis ich begriff, daß sie nicht gingen, sondern auf Schlittschuhen fuhren: Bauern und Bäuerinnen aus den

Dörfern der Umgebung, die den Markt besucht hatten und nun auf der vereisten Straße, den flinken Stahl unter den Schuhen, wie beflügelt nach Hause eilten.
Da wußte ich nun also, wo ich morgen früh mich tummeln würde, auf der Straße natürlich, unter der Kirche, und stieg, es war nun fast die Nacht hereingebrochen, die vielen Stufen des Kirchbergs hinab, den Vater zu treffen, der schon vor der Ladentüre auf mich wartete. Ich hätte nun schon einen Eisplatz erspäht für morgen, sagte ich ihm, der schon zu seinen Geschäften gerüstet stand, er solle mich um zwölf Uhr des Mittags an der Brücke, die zu Füßen des Kirchbergs über die Straße sich spannte, abholen, zum letztenmal auf unserer Reise, und ich fände allein hin, und er horchte nicht recht auf mich und sagte nur: gut also, um zwölf!
Ich machte mich dann auf, durch die dunklen und krummen Gassen, in die wenig Licht drang und in denen es wie in einem Keller feucht und modrig roch, und geriet erst ein wenig außerhalb der Mauern der Stadt an die Landstraße, die mir nun in der Nähe und von der Sonne beglänzt wie eine alte Heerstraße erschien, wie sie, so hatte man uns in der Schule gesagt, die Römer gebaut hatten: so breit und gewaltig war sie, und breiter noch, als ich es gestern abend vom Kirchberg aus hatte erkennen können. Die Straße war überschneit, Schneehügel lagen auf ihr da und dort, die der Wind zusammengeweht hatte, und völlig blankes Eis zeigte sich nur in der Mitte. Es war kein hoher Baum zu sehen und auch fast kein Buschwerk, nur einige kurzstämmige Weiden, die ihre Arme spreizten, saßen am Straßenrand, so daß mir die Vorstellung kam, wie heiß es hier zu wandern sein mußte im Sommerstaub, wenn die Sonne ohne Gnade auf die schattenlose Ebene herab blitzte. Ich hockte mich auf der Straßenböschung in den Schnee und schnallte mir die Schlittschuhe an. Am dünn verhangenen Himmel stand die Sonne wie ein feuriges Rad, und weithin, blendend in weißen Flächen, erstreckte sich das Land. Es war warm heute und wärmer als an den Tagen vorher, das merkte ich, als ich den Hang hin-

abgeklettert war und nun in der Mitte der Straße mich auf dem leise knisternden Eis zu schwingen begann: bald war mir die Stirn tropfenbenäßt.

Und hier war endlich die oft herbeigewünschte Gelegenheit, zu tun, was man auf den Eisplätzen, die meist klein und eng zwischen den Häusern eingeklemmt lagen, nicht tun konnte: frei und ungehindert größere Strecken geradeaus zu fahren, und so klirrte ich denn, und ließ die Stadt im Rücken, auf der langen Straße sausend dahin, die Lust der Schnelligkeit genießend, und der Wind pfiff mir um die Ohren, und es begegnete mir niemand. In den Ästen der Weidenstümpfe am Straßenrand hockten Krähen, stets war es eine ganze Gesellschaft der schwarzen Vögel, und bei meinem Nahen stoben sie schreiend auf und flogen auf das Land hinaus, und ich konnte beobachten, daß es immer die gleiche Entfernung war, auf die sie mich herankommen ließen: einen Schritt nur weiter, und sie warfen sich, die mißtrauischen, flügelnd in die Luft. Wohl eine Viertelstunde war ich so gefahren, mit Aufbietung aller Kraft, mit zusammengebissenen Zähnen, weit vornüber gebeugt, als gelte es vor einem hinter mir jagenden Gegner ein Rennen zu gewinnen, und es sprengte mir fast die Brust. Dann verminderte ich die Geschwindigkeit und glitt allmählich nun, und langsam wieder zu Atem kommend, dahin.

Die Straße machte jetzt einen großen Bogen, und die Böschung stieg auf beiden Seiten so an, daß ich mich wie auf dem Grund eines Hohlwegs befand. Heiß stach die Sonne vom nun fast gänzlich blauen Himmel hernieder. Ich blieb stehen, neben einem struppigen Binsengebüsch, das seine Stengel wie zerbrochene Lanzen hob, und wendete mein Gesicht dem flammenden Gestirn entgegen, und die Wärme überrieselte mich wohlig. Weil an meinem linken Schlittschuh der Riemen sich gelockert hatte, kniete ich nieder, ihn wieder straff zu ziehen. Und da sah ich, dicht unter der Eisdecke, ins Eis eingefroren, einen kleinen Fisch. Den mochte jemand auf dem Heimweg vom Markt weggeworfen haben, sagte ich mir, als zu kümmerlich und nicht wert gebraten zu werden, oder er war aus einem Korb verloren worden, und niemand hatte sich die Mühe genommen, ihn wieder aufzuheben, und es hatte dann geschneit und geregnet, und der Regen war zu Eis erstarrt später, und das war blank geschliffen worden von Schuhsohlen und Schlittenkufen, und da lag der Befloßte nun wie in einem gläsernen Sarg. Deutlich waren die zierlichen Schuppen zu erkennen und die Kiemen und die stillglänzenden Augen. Ich sah ihn lange an, und er rührte sich nicht, und ich klopfte mit dem Knöchel gegen sein Grab, daß es klang wie ein silbernes Totenglöcklein, und da erfaßte mich eine unerklärliche Angst, und ich stand auf und fuhr den Weg zurück, den ich gekommen war, ohne mich einmal umzusehen, und war froh, als ich dann fern, und hoch auf dem Felsen, die Kirche mit den beiden Türmen erblickte, mächtig im Licht blinkend, und darunter die Dächer der Stadt.

Bald hatte ich den Fuß des Kirchbergs erreicht und übte nun dort meine Schleifen und Kehren, und auch andere Kinder trieben sich spielend und schreiend und einander jagend auf der vereisten Fläche herum, die meisten auf Schlittschuhen, aber nicht alle. Es wurde, je höher die Sonne stieg, umso wärmer, und auch das Eis bekam das zu spüren, das, vom scharfen Stahl zerkratzt und aufgerauht, längst nicht mehr blank wie ein Spiegel schimmerte, sondern wie von nassem, körnigem Schnee überstreut sich zeigte. Ich hielt mich seit einiger Zeit in der Nähe der steinernen Brücke auf, an der mich um Mittag der Vater abholen sollte, und lang war es nun nicht mehr hin. Ich begann, mich schon recht zu langweilen, aber die andern Kinder anzusprechen war ich zu schüchtern und zu hochmütig zugleich, und ich lächelte sie nur an, wenn ich an ihnen vorbeizog, und verlegen lächelten sie zurück.

Übrigens wurden es ihrer immer weniger, das Eis war ihnen wohl nicht mehr glatt und schön genug, einzelne zogen ab, und dann erschienen auch oben auf der Straßenböschung, zu

der kleine schmale Steintreppen emporführten, erwachsene Leute, die Eltern wahrscheinlich der Kinder, und forderten sie mit Winken und Zurufen auf, zu ihnen hinaufzukommen. Ob sie denn blind seien und nicht sähen, daß das Eis nicht mehr viel tauge? schrie eine alte Frau mit zornrotem Kopf, und eine andere und jüngere redete laut und aufgeregt von den Sorgen, die einem die Kinder eben immer machten. Und die Eisläufer schnallten widerwillig und nicht ohne Murren ihre Schlittschuhe ab und gingen, beschämt zu Boden blickend, wenn sie an mir vorbei mußten, über die Treppen zu den Rufenden und mit ihnen fort und stadteinwärts.
Ich allein war dann nur noch auf der Straße, die Sonne glühte herab, und hoch oben stand die doppeltürmige Kirche in lauter Licht. Ich hatte den Mantel ausgezogen und trug ihn über dem Arm. Es hatten sich auf dem Eis nun schon Wasserlachen gebildet, die schwärzlich glänzten, und es war schön und belustigend, stürmisch durch sie hinzufahren, und zu sehen, wie das Nasse unter den Schlittschuhen aufspritzte und in der Luft regenbogenfarbig zersprang.
Gerade sauste ich näher an die Brücke heran, da, und ich wollte meinen Augen nicht trauen, stand im Schatten der gewaltigen Pfeilerwölbung ein Boot, stand da ein Boot auf der Straße, und war mit einer eisernen Kette an einem verrosteten Ring befestigt, der in der grauen Steinwand eingemauert war, und auch zwei Ruder lagen in dem Boot, und eine lange, rot angestrichene Rettungsstange mit einem großen, gebogenen Eisenhaken an der Spitze war griffbereit daneben angebracht. Wie kommt das Boot auf die Straße? dachte ich, immer noch unbegreifend. Und was soll hier eine Rettungsstange? fragte etwas tief in mir, und ich schüttelte verstört den Kopf, aber dann wurde es mir mit einem Schlag klar, und das Herz stand mir still, daß ich, seit Stunden schon, nicht auf einer festen Straße gefahrlos mich tummelte, sondern, den Tod auf den Fersen, mitten auf einem Fluß, der unsichtbar unter der brüchigen Eisdecke dahinrauschte.

Ich sah, was ich, unfaßlich verblendet und töricht, bisher nicht gesehen hatte, die Brücke, und wozu sie diente: die Leute über das Strömende zu bringen, und erkannte, daß die Treppen, die von der Böschung herabstiegen, Treppen ins Wasser waren, auf denen wohl, wie bei mir zu Haus auch, sommers die Wäscherinnen knieten und klatschend ihre Tücher schwenkten. Ich war wie erstarrt und wagte keine Bewegung mehr. Unter meinen Füßen schien das Eis zu schwanken, und mir war, ich hörte darunter das schwarze Wasser begehrlich gurgeln, und lodernd brannte die Sonne herab, alles Weiße zu zerschmelzen. Und der Fisch bei den Binsen kam mir in den Sinn, den ich im Eis begraben vorhin gesehen hatte, und er war von niemand verloren oder schnöde weggeworfen worden, der Frost nur hatte ihn überwältigt, als er zu hoch an die Oberfläche heraufgestiegen war, und er war wohl gar nicht tot, und die Sonne befreite ihn jetzt aus seinem Gefängnis, und er würde bald flossenbeweglich wieder dahinschießen, mit seinen Genossen spielend in der Flut.

Das Ufer war nah, und ich machte einen Schritt hin, aber nur einen, und hielt dann entsetzt still und sah einen schwarzen gezackten Strich, der wie ein Blitz durch das Eis lief, das Eis war gesprungen, das Wasser sprudelte aus dem Riß hervor, gleich würde sich ein klaffender Schlund auftun, mich zu verschlingen. Ich hatte gelesen, und das schoß mir jetzt durch den Kopf, daß es gut sei, in solcher Gefahr, wie sie mir drohte, sich flach ausgestreckt auf das Eis zu legen, um das Gewicht besser zu verteilen, und so warf ich den Mantel vor mich hin und ließ mich zitternd, zuerst kniend und dann auf dem Bauch liegend, darauf nieder, das Gesicht gegen das Ufer gerichtet. Von der Brücke her kam eine Krähe geflogen und setzte sich auf die Böschung, mir gegenüber, und äugte unverwandt zu mir her, was ich da wohl triebe auf dem Eis? und die Federn des Vogels erstrahlten in einem schwärzlichen Blau. Die Nässe des schmelzenden Eises drang kalt und fürchterlich durch den Mantel, ich erschauerte in der prallen Sonne, wie ich so lag und mich nicht zu rühren getraute. Das Wasser unter mir floß schnell und kalt, ich glaubte es zu sehen, und Fische waren in dem Wasser, sie konnten leben und atmeten da unten, die Befloßten, wie wunderbar das war! Und vielleicht hatten sie mich erspäht, hatten durchs Eis hindurch mich gesehen, und sogleich schwammen sie neugierig herbei. Von überallher kamen sie, aus der Tiefe herauf und aus ihren Schlupfwinkeln in den Uferlöchern, große und kleine Fische, spitznasige und solche mit stumpfen Mäulern, weißgeschuppte und bräunlichgrüne und rotgetupfte, und lange Aale dazwischen, wie schwarze Schlangen, und alle standen schräg aufwärts in der Flut und glotzten mit kalten Augen zu mir herauf, mit den Schwänzen schlagend, um sich auf der Stelle zu halten. Und der Fluß schickte alle seine Fische, von weither, mit der Strömung kamen sie geschwommen, und gegen die Strömung, und alle sammelten sich unter mir, und so viele waren es, daß ihre glänzenden Leiber sich berührten, und alle starrten sie nach oben, Raubfische, Hechte und Bürstlinge, und die sanften Weißfische. Und nun begannen sie mit den Nasen gegen das Eis zu stoßen, einzelne zuerst, dann alle, immer wieder, das gab einen sanften schnalzenden Laut, den ich zu hören vermeinte, und so sanft die Stöße waren, mir war, das Eis beginne davon zu beben, und wenn es jetzt brach, so würde ich mitten zwischen die Tiere fallen, und die würden, dicht aneinandergedrängt, mich auf den Rücken nehmen, und sich langsam sinken lassen, und mich davontragen durchs nasse Dunkel, die Aale voran, wie um den Weg zu weisen dem Zug, schwarz jubelnd, und Weißfische würden ihn umblitzen und Rotaugen.

So sah ich den Zug, und mich von den Fischen getragen, nicht anders, wie ich manchen Leichenzug schon hatte durch die Straßen ziehen sehen, und ich fürchtete mich auf einmal nicht mehr so sehr. Plötzlich schrie die Krähe drüben auf der Böschung mißvergnügt auf und hob sich empor, und flog flußabwärts. Ich sah eine Gestalt eilig am Ufer entlang laufen, mit flatternden Mantelschößen, es war mein Vater, und vor ihm war der schwarze Vogel geflüchtet. Und als hätten auch die Fische unter mir die nahenden Schritte gehört, so stoben sie auseinander, zuckend, und nach allen Richtungen davon, die Betrogenen, ich spürte es. Der Vater rannte auf die Treppe zu, die zum Fluß herabführte, und begann sie herabzusteigen, und ich konnte sehen, daß sein Gesicht trotz der Anstrengung des Laufens kreidebleich war. Ich schrie ihm zu: gleich da vorn, unter dem Brückenbogen, sei die rote Rettungsstange, die solle er holen und mich mit ihr ans Ufer ziehen! und war in aller Verwirrung noch stolz auf meinen männlich-klugen Rat. Aber der Vater hörte gar nicht auf mich, er trat auf das Eis, erprobte aufstampfend dessen Festigkeit, und ging dann entschlossen und mit schnellen Schritten auf mich zu. Da bekam ich auch Mut und wollte aufstehen, ihm entgegenzugehen, aber das Eis hielt mich fest, wie mit saugender Gewalt, und es gelang mir nicht, in die Höhe zu kommen. Dann war der Vater auch schon bei mir, und bückte sich, ich spürte seinen warmen Atem im Genick, und er packte meinen Mantel, und ich preßte meinen Mund auf seine Hand, die dicht vor meinem Gesicht war, und so zog es mich, als läge ich auf einem Schlitten, über das Eis und den sanft knirschenden Schnee ans Ufer.

Dort hob er mich auf und stellte mich auf die Beine, die mich zitternd trugen, und schüttelte mich lachend, und ich lachte mit, lang und laut und schallend, und konnte so bald nicht aufhören, immer neues, stoßendes Gelächter kam aus meiner Brust, aber die Augen hatte ich voll Tränen. Er half mir dann, die Schlittschuhe abzuschnallen, allein hätte ichs nicht gekonnt, so flogen mir die Hände, und ich sah auf den Strom hinaus, der unschuldig und weiß glänzte, und auf den glatt gefegten Streifen, den meine Mantelfahrt auf dem Eis hinterlassen hatte.

An den vielen Weidenstümpfen hätte ichs erkennen müssen, und an den Binsen, sagte ich dann, daran wenigstens! und schwieg von dem Fisch. Und mein Vater erzählte, er habe, als er die letzte Verhandlung an diesem Vormittag zu einem guten Ende gebracht hatte, so nebenbei dann seinem Geschäftsfreund gesagt, er ginge nun, seinen Sohn abzuholen, der auf dem Eisplatz unter der Kirche Schlittschuh liefe. Auf dem Fluß? habe der bedenklich gefragt, und da sei er, Schlimmes ahnend, wild losgerannt, und da habe er mich nun, sagte er, und Unkraut verderbe nicht, und er lachte, und schüttelte mich wieder, daß es mir fast weh tat, und sein Gesicht war rot und gesund wie sonst immer auch.

Er hing mir den nassen Mantel um die Schultern, und wir gingen die Böschung entlang auf die Stadt zu, und eben schlug es zwölf Uhr von allen Türmen, und am mächtigsten dröhnte die Glocke der Kirche hoch auf dem Felsen. Unter dem Brückenbogen kam ein Mann hervor, auf Schlittschuhen, und fuhr gemächlich flußabwärts. Wir winkten ihm zu, er winkte zurück, wir sahen ihm lang nach, und jäh und wild erfaßte mich der mörderische Wunsch, daß er einbrechen möchte auf dem tückischen Eis, jetzt und jetzt. Ich wehrte mich voll Scham, aber das abscheuliche Verlangen ließ sich nicht vertreiben, in die Tiefe sollte er sausen, der Eisläufer, so begehrte ich inbrünstig, zu den Fischen und Aalen, und mir und dem Vater zeigen, in welcher Gefahr ich mich befunden hatte. Aber der schwarze Mann auf dem weißen Eis glitt sicher dahin, immer kleiner wurde er, und auch vor ihm flogen die Krähen auf und landeinwärts, wie sie es vor mir getan hatten, und vielleicht war auch sie darunter, die auf der Böschung hockend mich neugierig belauert hatte.

Ich sah meinen Vater an und wurde blutrot. Plötzlich lief er ein paar Schritte zurück, bückte sich, machte sich Schneebälle, zielte und schleuderte den ersten Ball gegen mich, der mich aber verfehlte. Ich warf Mantel und Schlittschuhe hin und nahm den Kampf auf. Die Bälle sausten hin und her, wir trafen einander, und schossen vorbei, das dauerte so eine Weile, und dann wurden die Würfe meines Vaters heftiger, mir war, Wut und strafender Zorn zuckte wie eine Flamme ihm übers Gesicht, aber das verging, ehe ichs noch recht gewahr geworden war, im ruhigen Flug durchmaßen die weißen Kugeln dann wieder ihre Bahn, bis wir atemlos, in der Sonne glühend, und Schnee auf den Kleidern und in den Haaren, Frieden schlossen. Und am andern Tag fuhren wir nach Haus.

Der Sturz in die Wolfsschlucht

Eine kleine Gehstunde vor der Stadt dämmerte waldbeschattet die Wolfsschlucht, ein Felsenkeller, in dem eine Brauerei ihr Bier lagerte. Ob sie diesem Zweck auch heute noch dient, weiß ich nicht. Die gleichmäßige Erdkühle war dem Getränk bekömmlich und tat ihm besser, behaupteten die alten Leute, als die eisige Frische, die in den neuzeitlichen Lagerhallen durch Maschinen erzeugt wird. An Sonntagnachmittagen wurde das Bier dort auch zum Ausschank gebracht, süßes, dickes, braunes Bier, damals, vor dem Krieg, als das bittre Helle, das dann vom Norden her vordrang, noch wenig Liebhaber hatte bei uns. Heut ist das anders.

An den Tischen unter den laubigen Bäumen war es kühl zu sitzen, die Sonne drang nicht durch das Blätterdach, man ahnte nur ihre heiße Kraft, die zitternd oben liegen mochte. Hummeln brummten herbei, von draußen, von den Wiesen, und grünschillernde Fliegen zogen unermüdlich ihre Kreise und fanden, was sie suchten, und saugten an dem süßen Vergossenen.

Ich war mit meinen Eltern gekommen an diesem Junisonntag. Ich war, wie alle Kinder, kein Freund dieser Familienausflüge, die unter den strengen Augen der Erwachsenen mir mehr eine lästige Pflicht zu sein schienen denn ein Vergnügen. Aber wenn man sich schon nicht ausschließen konnte, so suchte man sich diese erzwungenen Wanderungen genußreicher zu machen, indem man neben den gebahnten Wegen herlief, Blumen ausriß und achtlos wieder fallen ließ, Erkundungen auf eigene Faust ausführte, mit Steinen nach Fröschen im Bach warf, Nachzügler war oder weit vorausprellte und sich nicht viel daraus machte, mahnend immer wieder beim Namen gerufen zu werden. Heut war ich still

und verdrossen und ohne einmal vom Weg abzubiegen, mitgegangen und saß nun ruhig am Tisch, in Gedanken versunken. Es waren bittere Gedanken, die mich plagten, und die mit der Schule und ihrem Pflichtenkreise zusammenhingen – womit denn sonst bei einem Vierzehnjährigen?
Morgen war eine Schularbeit zu leisten, in der Geometrie, und das war ein mir verhaßtes Fach, in dessen Geheimnisse ich noch nie so recht eingedrungen war, ich im Leben nicht eindringen würde, wo es Fallen gab, in deren jede ich stürzte, und Irrwege, die ich hoffnungslos ging und nie einen Ausweg fand, und wenn ich mir nur vorstellte, wie das sein würde, morgen, wenn der Lehrer hereinkam und die leeren, weißen Blätter verteilte, die mit Linien und Zahlen zu füllen waren, so lief mir ein kalter Schauder über den Rükken.
Meine Mutter sah mich besorgt an, ich war wohl zusammengezuckt bei dem Gedanken an das Schreckliche, das mir morgen bevorstand, und sie meinte, daß ich mich ein wenig verkühlt hätte, hier im Schatten nach dem heißen Weg, und hieß mich in die Sonne zu gehen, auf die Wiesen hinaus.
Ich stand auf, ich ging gern, ich war froh, dem allem hier entrinnen zu können. Die lustigen Menschen ringsum kränkten mich, ihr Glücklichsein machte mich bös und neidisch, und sie schienen mir alle glücklich, die hier auf den Bänken saßen, das Bier vor sich, und Käse und Rettiche aßen und rauchten und lachten und unbesorgt schwatzten, und die alle längst nicht mehr zur Schule gehen mußten und nichts zu verstehen brauchten von gleichschenkligen Dreiecken und Winkelberechnungen.
Ich trat, fröstelnd noch, in die Sonne hinaus. Am Grunde eines mit Büschen bestandenen, nicht tiefen Hohlwegs saß ein vielleicht sechsjähriger Junge, der an einem dünnen Zweig einen schwarzen Käfer in die Höhe klettern ließ und vorsichtig und gemein immer dann, wenn der eifrige Vielfüßler die Spitze fast erklommen hatte, den Zweig gänzlich

herumdrehte und das betrogene Tier von neuem seinen stets vergeblichen Weg nach oben nehmen ließ.

Vor einem kleinen Waldstück spielten Mädchen, hielten sich an den Händen gefaßt und gingen im Kreise und trennten sich und fanden sich wieder und standen dann still und schwangen die wieder verschlungenen Hände hin und her und sangen mit hellen Stimmen etwas von einem goldenen Fisch im Wasserfall, was mir recht läppisch vorkam. Ich fühlte mich neben diesen Geschöpfen schon ganz wie ein Erwachsener und: »Hat man denn hier nirgends Ruhe?« sagte ich ingrimmig vor mich hin, sah die erstaunten Sängerinnen mit einem zornigen Blick an und stieg langsam eine Wiese empor, die schräg wie ein Dach nach oben lief. Am First der Dachwiese standen Büsche wie aus Silber vor dem Blau des Himmels. Es war eine etwas kümmerliche Wiese, das Gras wuchs niedrig und wenig dicht, und immer wieder sah der graue Stein durch das Grün. Ich war dann oben bei den Büschen, es waren Haselnußstauden, und hellgrün schimmerten die gekrausten Mäntel, welche die junge Frucht bargen. Jenseits der Stauden lief die Wiese wieder hinab und dann ein Stück eben dahin und endete in einer schwarzen, krummen, gefährlich aussehenden Linie: da war es, wo sie anscheinend zur Wolfsschlucht abfiel, und es mochte geraten sein, nicht allzu weit an den Rand vorzugehen.

Ich blieb bei den Büschen, streckte mich ins Gras, die Arme aufgestützt, sah im Sommerrauch die Stadt liegen mit den steilen Dächern, den beiden grauen Domtürmen, um die der Dunst wallte, sah das glänzende Band der Donau weit über die Ebene geworfen, und fern ragten die festen, schwarzen Rücken der Vorberge des Bayrischen Waldes.

Von der Wolfsschlucht herauf drang verworrenes Geräusch, ein Lachen hier und da, und jetzt auch der Ton einer Drehorgel, die ein Bettler in Tätigkeit gesetzt haben mochte. Das scholl traurig und süß her, und jetzt fiel mir wieder schwer aufs Herz der Gedanke an den morgigen Tag, und was er mir brachte. Allein und ganz auf mich angewiesen lag ich

hier unter den Stauden, und rings leuchtete die Welt im Glanz, scherzten die Erwachsenen und sangen und tanzten die Kinder im Glück. Ich seufzte tief.
Auf der Wiese wuchsen kleine, blaue Glockenblumen, die auf zarten Stielen zierlich und demütig schwankten. Ich pflückte einige im Liegen, die auf Armlänge zu erreichen waren, vier oder fünf, das war schon ein kleiner Strauß. Ich würde einen tüchtigen, schönen, vollen Strauß sammeln und ihn meiner Mutter bringen, beschloß ich, die würde sich freuen, sicherlich, und ihn daheim ins Wasser stellen. Es war vielleicht ein wenig unmännlich, so zu tun, überlegte ich, Sträuße zu pflücken war eine Mädchenangelegenheit, schien mir, aber wenn ich mich jetzt sanft erwies und mich demütigte, so konnte es mir gelingen, empfand ich unklar, das Schicksal, das über mir stand, gnädig zu stimmen durch eine solche Handlung der Selbstüberwindung und der zärtlichen Sohnesliebe.
Ich stand also auf und bückte mich oftmals und hatte bald einen stattlichen Strauß gesammelt. Bei jeder Blume, die ich brach, wurde ich zuversichtlicher, die Sicherheit in mir wuchs, daß es morgen so arg nicht kommen würde, auf eine rätselhafte und zauberische Weise war es möglich, fühlte ich, das Schicksal zu beschwören, und ruhig wurde meine törichte Knabenseele.
Unversehens war ich dem Rand nahegekommen, wo es jäh zur Wolfsschlucht abfiel, deutlicher schon hörte ich die Stimmen der Trinker heraufschallen. Dort wuchs ein ganzer Büschel der blauen Glocken, besonders hochstielig, besonders schön waren sie, schien es mir, und lockten, wie nur die Schönheit unwiderstehlich lockt, die dicht am Abgrund doppelt glänzt.
Gerade die muß ich noch haben! schoß es mir glühend durch den Sinn, die hole ich noch, gelobte ich mir, und die kleine Gefahr, die damit verbunden war, sie zu pflücken, machte die Durchführung des Gelübdes nur noch löblicher. Ich wollte mich schon auf den Bauch legen, um vorsichtig krie-

chend mich dem Standort der Blumen zu nähern, aber dann kam mir das feige vor, und es war verdienstvoller, aufrecht an sie heranzugehen, und so nur war es schicksalswendend. Mit kleinen Schritten, behutsam Fuß vor Fuß setzend, ging ich den gefährlichen Weg. Ich bemühte mich, nicht in die Schlucht hinabzusehen, um nicht schwindlig zu werden, aber einen schnellen Blick wagte ich doch, sah Baumkronen und wehende Sträucher, ein grünes Dach unter mir, und sah wieder weg und bückte mich und pflückte eine der Glocken, und spürte, wie der Boden unter mir wegbröckelte, das ganze Rasenstück, auf dem die Blumen wuchsen, sich vom Fels löste. Ich wollte mich noch zurückwerfen, aber es gelang mir nicht, und den Strauß fest umklammernd, als hätte ich daran Halt, sank ich in die Tiefe.

Ich weiß noch, daß es ein wunderbar beseligendes Gefühl war, so zu schweben, daß ich keine Angst hatte, nur die heftige Empfindung der Sonderbarkeit, die es bedeutete, wie ein Vogel fast im luftigen Raum sich zu schwingen. Ich merkte, daß ich wie ein Taucher mit dem Kopf voran die Luftflut durchschnitt, und ich erwartete nicht besorgt den Aufschlag, der doch kommen mußte, den Zusammenstoß mit der harten Erde, der doch unvermeidlich war, ich flog nur, es war mir wie im Traum, es rauschte um mich mit vielen Stimmen, ich flog nur und flog und genoß es zu fliegen, und der Flug nahm kein Ende.

Im Biergarten unten hatte man einen Schrei gehört, einen lauten und grellen Schrei, und niemand hatte daran gezweifelt, daß er ein Unglück anzeigte. Von dieser Art war der Schrei, den ich ausgestoßen hatte, ohne es zu wissen, es war der entsetzte Schrei des Körpers, der sich fürchtete, während der Geist heiter die luftige Reise genoß. Meine Mutter war bleich aufgestanden vom Tisch, als sie diesen Schrei hörte, und auch sie hatte nicht daran gezweifelt, daß der Schrei etwas Schlimmes anzeigte, und sie hatte auch nicht daran gezweifelt, daß das Schlimme mich betraf: sie war bleich und wankend aufgestanden vom Tisch, erzählte mir mein

Vater später, und hatte meinen Namen geflüstert und war weggestürzt, in die Richtung, aus welcher der Schrei gekommen war.
Im Biergarten unten war auf einer Bank vor seinem Krug ein blauer Soldat gesessen, sein Mädchen neben sich, und er hatte seinen Arm um das Mädchen gelegt gehabt, und der Soldat war ein Unteroffizier mit breiten, goldenen Tressen am Kragen, und vom blauen Uniformrock hoben sich die weißen Sommerhosen prächtig ab. Und weil heute ein hoher militärischer Feiertag war, Regimentsgründungstag, es war in der Zeitung zu lesen gewesen, hatte er auch während des kleinen Ausflugs sich nicht vor der Hitze des Marsches mit der leichten blauen Mütze schützen dürfen, sondern hatte den ritterlich blitzenden Helm tragen müssen. Den Helm natürlich hatte er, während er aß und trank, neben sich auf die Bank gestellt, aber nun hatte er schon bezahlt und wollte gehen, nicht schnurstracks zur Stadt, mit seinem Mädchen noch wollte er einen behaglichen und liebevollen Umweg machen, und der Helm mit der schimmernden Schuppenkette saß schon auf seinem Kopf.
Da scholl über ihm ein Schrei, es rauschte in den Zweigen des Baumes, in dessen Schatten er sein Bier getrunken hatte, dann empfand er einen heftigen Schlag auf die Schulter, und die Umsitzenden sahen, daß auf der Schulter des blauen Soldaten wie ein Turner, der eine Turnübung macht, sich ein Knabe stemmte, Knabenschulter auf Soldatenschulter, einen Augenblick der kleine Turner wie eine Kerze stand und dann über die Bank ins Gras stürzte und bewegungslos liegen blieb.
Da kniete auch schon eine Frau neben dem Knaben, es war jedem klar, daß sie des Knaben Mutter war, und behorchte sein Herz, und das schlug noch. Und der blaue Soldat betastete seine Schulter, die wunderbarerweise unversehrt geblieben war, nur etwas schmerzte, und zog sein Mädchen an sich, das lachte und weinte in einem, und er bedachte, wie wohl die Folgen gewesen wären, wenn der unerwartete Be-

such von oben seinen Weg nur ein wenig weiter nach links genommen, wie ihm da die Helmspitze bös funkelnd entgegengestarrt hätte, die unnachgiebige Helmspitze, härter als eine Knabenschädeldecke, und wie da wohl alles anders gekommen wäre, für den Knaben wohl und wohl auch für ihn.
Weil Wasser nicht gleich zur Hand war, so schüttete man dem Bewußtlosen Bier ins Gesicht und auf die Brust, die man ihm entblößt hatte, das Getränk aus den Krügen auf den Tischen, und wenn das auch braun und dick war, kühl war es doch, froschkühl, und es nützte auch. Der aus dem Himmel Gefallene schauerte zusammen unter den Güssen, schlug die Augen auf, sah verwirrt um sich und lächelte verlegen und wischte sich mit dem Ärmel die klebrige Nässe aus dem Gesicht, und braune Flecken blieben ihm auf Stirn und Wange.
Als er aber, von der Mutter gestützt, sich aufrichten wollte, sank er stöhnend gleich wieder zurück. Der rechte Knöchel schmerzte sehr, der war gebrochen, schien es, und auch der rechte Arm tat weh, im Ellbogen, tat aber nicht so weh wie der Knöchel; der Arm war wohl nur verstaucht oder sonst leicht beschädigt.
Der blaue Soldat hatte auf das Unerwartete hin, das ihm zugestoßen war, sich doch noch einmal Bier bestellt. Der Tisch, an dem er saß, an dem er jetzt zu dem im Gras liegenden Abgestürzten hin sein Glas erhob, ihm freundlich zublinzelnd unter dem Helmrand her, ihm aufmunternd zutrinkend, der Tisch war mit Glockenblumen ganz übersät, daß es aussah, als sei da ein Fest gefeiert worden, wie man ja bei freudigen Anlässen Blumen zwischen die Gläser zu streuen pflegt. Und eine der Glocken lag wie mit offenem Mund über eine Bierlache geneigt, als trinke sie gierig.
Von einem nahegelegenen Bauernhof lieh man sich Pferd und Wagen und einen Knecht, um mich in die Stadt zu schaffen. Man trug mich zum Wagen, mein Vater trug mich und der blaue Soldat, der sich das nicht nehmen ließ. Man lehnte mich vorsichtig in die Wagenecke, und mein Vater

setzte sich zu mir, und für die Mutter war kein Platz mehr, sie mußte zu Fuß gehen, aber wenn sie einen abkürzenden Feldweg nahm, mochte sie nicht viel später als wir zu Haus eintreffen. Für die Fahrt im Wagen, mich zu betreuen und zu bewachen und nach der Ankunft über die Treppen zu tragen, war mein Vater als der Geeignetere befunden worden.
Der Knecht schnalzte mit der Peitsche, der blaue Soldat legte die Hand grüßend an den Helmrand, und wir fuhren ab. Das Pferd, das uns zog, war ein großes, schweres Bauernpferd, das besser vor einer hochgetürmten Heuladung sich ausgenommen hätte, als vor dem zierlichen, auf kreischenden Federn wippenden Wägelchen, das wie ein Spielzeug wirkte hinter dem mächtigen Tier. Der Vater hatte den Arm sorglich um meine Schulter gelegt, so saß ich in guter Hut und sah in die vertraute Landschaft hinaus. Das Räderknarren klang lustig, der Wagen schaukelte, der braune Pferderücken glänzte in der Sonne, und der blaue Himmel wölbte sich fast wolkenlos. Wenn ich den Kopf drehte, sah ich den Staub uns in Wirbeln nachlaufen. Schmerzen hatte ich nicht oder nur wenig, und daß ich eine große Gefahr glücklich überstanden hatte, darüber wurde ich mir jetzt erst klar, und so war mir ein wenig zumut wie einem Genesenden nach schwerer Krankheit, der die Welt, die ihm wiedergegeben ist, anders und in frischen Farben, ja wie neu sieht.
Und auf einmal kam mir zum Bewußtsein, mit einem jähen Blitzschlag der Erkenntnis, unermeßlichen Glanz verbreitend, daß ich die Schularbeit morgen nun doch nicht machen mußte! Ich atmete tief auf und schmiegte mich fester an den Vater. Nicht bloß, daß ich morgen nicht zur Schule zu gehen brauchte und die gefürchtete Arbeit mir nichts mehr anhaben konnte, es lagen noch mehr schulfreie Tage vor mir, viele Tage wahrscheinlich, eine ganze lange schulfreie Woche möglicherweise, vielleicht sogar deren zwei oder drei, und dahinter dämmerten im rosigen Licht schon die großen, niemals endenden Sommerferien herauf. Glück ohne Maßen! fühlte ich und hätte schreien mögen vor Lust.

Wir hatten uns der Stadt schon sehr genähert, hoch hob sich der Dom, die ersten Häuser kamen, die Straßen waren jetzt gepflastert, und die Hufe des Gauls klapperten hart auf den Steinen. Dort war schon das Jakobstor.
Aus dem Jakobstor heraus, uns entgegen, kam, grünglänzend, ein Straßenbahnwagen. Ich sah ihn neugierig an, der Vater tats, auch der Knecht auf dem Bock. Es war erst ein paar Tage her, daß die alte kleine Stadt, dem Zuge der Zeit folgend, mehr fast aus Prahlerei als weil es notwendig gewesen wäre, sich dieses Verkehrsmittels bediente. Es war ein großes Ereignis gewesen, als man den ersten Wagen geschmückt und bebändert seine Reise hatte antreten lassen, und man hatte es feierlich begangen mit Reden und Fahnenschwingen und blumenstreuenden Kindern. So ein Wagen also, neu und blitzend, kam uns entgegen, und der Wagenführer klingelte laut und oft hintereinander, er klingelte öfter wohl als es nötig war, auch ihm war seine Tätigkeit noch erregend ungewohnt.
Aber sahen wir Menschen schon mit Staunen und wohl auch mit unbewußter Furcht auf das neuartige Gefährt, das ohne Pferde, die es zogen, geheimnisvoll einherrasselte, mehr noch erschrak das bäuerliche Tier, das vor uns an der Deichsel ging. Es stutzte, drängte zurück vor dem Ungetüm, und als der Kutscher ihm eine mit der Peitsche über den braunen Rücken gab, stieg es hoch, schlug mit den Vorderbeinen in der Luft und raste dann in einem wilden Galopp davon. Vergeblich lehnte sich der Mann auf dem Bock in den Zügeln zurück, das scheu gewordene Tier war nicht mehr zu halten, und wir sausten donnernd durch das dunkle Tor. Den Wagen warf es hin und her, der Knecht zog die Bremse an, es schrillte, die Räder drehten sich nicht mehr, und schleifend wie ein Schlitten auf Stein und dann wieder in wilden Sprüngen ging die Fahrt. Erschrocken wichen uns die Menschen aus, drückten sich an die Häuserwände, schrien und winkten sinnlos mit den Armen. Ich sah die blitzenden Fenster der Wohnungen auf und ab tanzen, mir schwindelte,

die Luft sauste mir kühl ums Gesicht, ich schloß die Augen, und wie auf einem Schiff im Sturm stieg und fiel ich nun im Dunkel. Einmal warf ich einen schnellen Blick auf den Vater neben mir. Der hatte ein sonderbar verschlossenes Gesicht, saß angespannt vornübergebeugt, sprungbereit sah er aus, und hatte mich fest an sich gezogen, als lauere er auf die Gelegenheit, wie eine Katze mit dem Jungen im Maul, mich mitreißend abzuspringen, und das linke Ende seines Schnurrbarts hatte er auf eine komische Art im Mund und biß darauf herum.

Und dann, auf einmal, hatte das Pferd, so schien es, genug von dem sinnlosen Toben, stand so plötzlich still, daß der Wagen einen Sprung nach vorn machte und die Deichsel weit vorragte und das Geschirr und Gestränge sich verschob, daß es aussah, als wollte das Tier das lästige Lederzeug sich über Hals und Kopf stülpen. Mit den Vorderfüßen auf dem Bürgersteig stand es, vor einer mächtigen, spiegelnden Glasscheibe, und zitterte noch, und schlug mit dem Schweif. Es war ein Sattlergeschäft, vor dem der Ausreißer zu stehen gekommen war, und hinter dem Schaufenster aufgestellt war ein ausgestopfter Gaul, die Kunden anzulocken, und der hob den Kopf mit den großen, grünlich schillernden Glaskugelaugen stolz und kampfbereit gegen den stürmischen Ankömmling. Da hielt der Durchgänger nun vor seinem ausgestopften Ebenbild hinter der Scheibe, und es war erschrekkend und lustig zugleich für die Leute, die lachend uns umstanden, sie so zu sehen, die beiden, Aug in Aug, da hielt es nun, das feurige Bauernroß, und bewegte die Ohren, die das Schaufenstertier, so lebendig es sonst auch scheinen mochte, doch nicht bewegen konnte. Dann, vom Knecht geleitet, der vom Bock gesprungen war und die Zügel gefaßt hatte, trat das Pferd langsam vom Bürgersteig auf die Straße zurück, dahin es gehörte. Und das sah aus, als weiche es furchtsam vor dem Gegner hinter dem Fenster, der es mit bösen, gläsernen Augen anstarrte.

Die paar Straßen bis zu unserem Haus stieg der Knecht nicht

wieder auf seinen Sitz, er führte das Pferd am Zügel, und wie er so neben dem Tier herschritt, Kopf an Kopf, erinnerte es mich an Abbildungen, die ich oft in Büchern gesehen hatte, die von Fahrten und Abenteuern erzählten, wo der Gepanzerte neben dem Streitroß einhergeht, in Waffen klirrend und den Helm bebuscht, und die Gefahr lauert und lockt, der feuermaulige Drache, und nun schien es mir im Wirklichen Gestalt angenommen zu haben und die alte kriegerische Zeit war da und sah mich sternäugig an.

Als dann der Arzt kam und mich beklopfte und behorchte und an mir zerrte und an mir herumdrückte und vieles fragte, stellte er fest, daß mir nichts Ernstliches geschehen sei, keine innere Verletzung sich finde. Der Knöchel, der jetzt sehr schmerzte und dick angeschwollen war, sei ganz heil soweit, nur eine unbedeutende Prellung seis, der Arm aber, dem äußerlich keine Veränderung anzusehen war und der auch gar nicht weh tat, sei im Ellbogen gebrochen, müsse in Gips gelegt werden, aber erst morgen, und für heute tue es ein Notverband.

Am anderen Vormittag kam der hilfreiche Mann denn auch und rührte in einer Schüssel den weißen Brei an und tauchte Binden hinein und zog sie durchtränkt wieder heraus und wickelte die nassen mir um den Arm und panzerte mich mit Gips. Ich saß aufrecht im Bett, ließ mir das alles wohl gefallen und zuckte nicht, wenn es weh tat, und sah die hochstieligen Glockenblumen blaugebüschelt am Rand der Wolfsschlucht stehen, und hörte unsre große, alte Wanduhr neun schlagen, und wußte, daß jetzt in der Schule ein bärtiger, bebrillter, mir im tiefsten zuwiderer Mann leere, weiße Blätter verteilte, die meine Kameraden mit Kreisen und Kurven und Zahlen zu bedecken hatten, und ich fühlte herzliches Mitleid mit ihnen, und zugleich stieg eine so ausgelassene, wilde Schadenfreude in mir auf, daß ich mich fest auf die Zunge biß, vor unterdrückter Wonne, und keuchte, und der Arzt nahms für einen Wehlaut und meinte mir tröstend sagen zu müssen: gleich sei er fertig, der Gute, der Besorgte,

und fuhr nur eifriger und behutsamer fort in seinem helfenden Werk.
Ich lag wohlig im weißen Bett, den Tag darauf, die Sonne schien durchs Fenster, friedlich war es um mich und in mir, da erhielten wir den Besuch einer Frau, die am Sonntag auch in der Wolfsschlucht und Zeuge meines Sturzes gewesen war. Es sei sonderbar, ja, fast zum Fürchten gewesen, erzählte sie, daß, als ich schon auf der Erde lag und man sich um mich mühte, daß da aus dem Baum herab, durch dessen Zweige zuvor ich gefahren war, daß da eine Weile später, eine geraume Weile später, und gerade das war ja das Erschreckende, ein Regen von Glockenblumen niedergegangen sei, lautlos und sanft sich drehend ein blauer Blumenregen herniedergeströmt sei über den verlassenen Tisch. Die Blumen waren von dem Strauß, den ich gepflückt und im Sturz dann doch hatte losgelassen, und weil sie leichter waren als ich, und die Luft und der Wind sie behutsam und schaukelnd trugen, die langstieligen, so kamen sie erst an, blau und still wirbelnd, als ich, ihr Vorläufer, längst hart gelandet war. Diesen Blumenregen, dieses stille, zarte Tropfen, das leichte Aufschlagen der Glocken auf den Tisch, sagte die Frau, werde sie so bald nicht vergessen.
Sie habe dann die Blumen vom Tisch aufgelesen und hier seien sie, sagte sie noch. Meine Mutter füllte ein hohes Stengelglas mit Wasser, tat die Glocken darein und stellte sie mir ans Bett. Da standen sie lang noch mir zu Häupten, die blauen, schändlich geraubten, verblüht schon bald, hängenden Kopfes, und raschelten, wenn man sie anfaßte, wie trockene Spreu, während mein gebrochener Arm, der Arm des Räubers, unter den stürmischen Heilkräften der Jugend wieder erstarkte und sich festigte und gänzlich wieder sich erneuerte, und sich bald würde wieder heben und strecken und biegen lassen, zu jeglichem Guten und Bösen zu gebrauchen, wie ichs nur wollte.

Der Fisch

Auf der kleinen Donau-Insel, vom Altwasser und dem eigentlichen Strom gebildet, stand eine morsche, braune Holzhütte. Die Insel war nicht viel größer, als daß gerade diese Hütte auf ihr Platz hatte, und ein krummer, alter Weidenbaum, der seine Zweige auf sie legte. Das Eiland war mit Gras und Brennesselstauden bewachsen, und von der Uferstraße führte ein schmaler Holzsteg zu ihm, wacklig war er, ein paar Bretter bloß. Auf der Hütte war ein Holztürmchen, in dem eine kleine Glocke hing. Ich habe nie gehört, daß sie geläutet worden wäre. Weiter draußen brauste der Strom. Dort rüttelte an einer eisernen Kette eine Fischerzille. In der Hütte hauste einsiedlerisch und weltverborgen der Fischer-Jakl. Alt war er und ging gebückt, und vor allem: er hinkte, daß es ein Greuel war anzusehen. Der Jakl hatte brennrotes Haar auf dem Kopf, mit weißem gemischt, und ums Kinn trug er ein wirres, räuberhaftes Gestrüpp starrender Borsten. Das sah wüst aus, und der Jakl pflegte sich auch sonst wenig. Unordentlich und ungescheitelt hing ihm das Haar tief in die Stirn herein. Er war seit langem Witwer, hatte mein Vater einmal gesagt, und ich vernahm es staunend, daß der Jakl je eine Frau gehabt haben sollte, der rote Teufel!

Oft wenn wir der Donau entlang unsere Streifzüge machten, sahen wir den Einsiedelmann vor seiner Hütte. Grün war die Insel, recht verwildert, die Weidenäste zitterten im leichten Wind, es war wie auf Robinsons Insel, dort wo er war. Mit dem Kleinmachen von Brennholz sahen wir ihn beschäftigt, schnell und gewandt das Beil schwingend, oder, und das war fremdartig und aufregend für uns, er briet überm offenen Feuer am Holzspieß sich einen Fisch. Sicher

ein Hecht! wisperte einer von uns. Noch sehe ich, wie das Feuer, das sonst doch dunkelrot brennt, am hellen Tag durchsichtig und rosa loderte, und ein hellblauer Rauch wirbelte empor. Es geschah dann wohl, daß ein Mutiger unter uns einen Stein auf den alten Mann warf. Und wenn der auch nicht traf, so hatten wir doch die Genugtuung, den Jakl sich aufrichten zu sehen, die Hand vor die Augen halten, nach dem Übeltäter spähen und das Beil nach dem unsichtbaren Werfer drohend schwenken.
Dann brachen wir hinter den Bäumen, die uns deckten, in ein johlendes Gelächter aus, ihn zu ärgern, und um unsere Furcht zu beschwichtigen. Ich war nie so frech, auch einen Stein zu werfen, aber in das Gelächter stimmte ich jedesmal aus vollem Halse ein. Wenn wir ihm auf der Uferstraße begegneten, was selten der Fall war, meist am Freitag, dem Fasttag, und er auf dem Schubkarren in einer Holzbütte, von der es naß tropfte, seine Fische zum Markt brachte, beachtete er uns nicht, obwohl er in uns die steinwerfenden Feinde vermuten mochte. Gleichmütig schob er seinen Karren dahin, stärker hinkend als sonst, und wir gingen, aber im gehörigen Abstand, hinter ihm drein. Auf ein verabredetes Zeichen, eins, zwei, drei! zählte unser Anführer halblaut, schrien wir plötzlich los wie die Wilden. Das Gelächter mußte ihm bekannt vorkommen, und dann sah er sich wohl auch nach uns um. Und einmal, als er sich wendete, war mir, er fasse gerade mich fest ins Auge. So streng ruhte sein Blick auf mir, daß ich hätte rufen mögen: Ich hab nie einen Stein geworfen! Unvergeßlich war mir dieser sein Blick, unter den buschigen, roten Augenbrauen her, und mir schien, auch ich sei ihm unvergeßlich, und unter Tausenden würde er mich wiedererkennen!
Einige Zeit darauf, es war spät im Jahr, mußte ich ihm ganz allein gegenüberstehen. Es mag zu Ende des September gewesen sein, mit noch sommerlich heißen Tagen, und an einem Nachmittag, gegen den Abend schon zu, hatte sich ein Wind erhoben, ein Sturm war es. Schwarz hatte sich der

Himmel bedeckt, und die Kastanienbäume an der Uferstraße orgelten gewaltig. Wir wohnten nicht weit davon. Als ich das Unwetter heraufziehen sah, war ich in den Keller gegangen, den alten, gelben Blechkübel zu holen, den ich dort stehen wußte, und hatte mich eilig zu den Kastanienbäumen aufgemacht. Am Himmel zuckten die Blitze, der Donner rollte, aber es regnete nicht. Und von den Bäumen fiel, wie ich das erwartet hatte, ein Geprassel von Kastanien. Der Wind rüttelte an den Bäumen, die Äste krümmten sich und knirschten in den Gelenken, und abgerissene Zweige und Blätter bedeckten den Boden. Auch ein Vogelnest lag auf der Straße, graufilzig. Das wäre zu anderer Zeit ein willkommener Fund gewesen, aber jetzt galt meine Begierde nur den fallenden Früchten, die ich in den Blecheimer, in dem einmal Schmalz gewesen war, zu sammeln begann. Die Hölle war losgelassen, schien mir, wenn ich nach oben sah, in das wildgewordene Geäst. Grell wie von Feuern flammte es durch das grüne Dunkel. Die Bäume peitschten mit den Ästen aufeinander ein, ein schallender Kampf der Riesen. Manchmal war mir, bösartige Affen oder wilde Waldmänner säßen in den laubigen Gewölben. Und sie bewarfen mich mit Kastanien. Es prasselte auf mich herunter, die grünen Stachelkugeln zerplatzten auf dem Boden, und die braunen Früchte sprangen aus den Schalen und kollerten davon. Schneeweiß und unberührt schimmerte die Innenseite der Schalen, weiß war auch die Unterseite der Früchte, wie mit Mehl zart bestäubt. Und es regnete nicht, keinen Tropfen, und die Hitze war groß. Die Kastanien trafen mich am Kopf, auf die Schultern, auf die Hände. Manche sprangen vom Ast mir gleich in den Kübel. Der Wind packte das abgeschlagene Grünzeug, das auf der Straße lag, und wehte es dahin. Auch das Nest nahm er mit. Ich sah ihm nach, wie es in Sprüngen davoneilte, drehend sich bis zur Mannshöhe hob, und wie es dann im Geäst eines Baumes verschwand und so wieder dort war, wohin es gehörte, im Baumlaub. Mein Blecheimer füllte sich rasch, ich hätte zwei haben können, sie wären voll geworden. So ging der Aufruhr eine Weile. Wenn ein wütender Windstoß fauchte und mich fast umwarf, schrie ich vor Vergnügen und schwieg dann wieder, wenn der Himmel über mir einzustürzen drohte. Er stürzte nicht ein. Und kein Regen fiel, es tobte das trockene Gewitter, und Staub verklebte mir die Nase und die Augen. Als es anfing, ruhiger zu werden in den Lüften, hatte ich meinen Eimer randvoll. Wie aus einem wirren Traum erwacht, sah ich mich um, und in der Stille nun, die mich umgab, sah die grüne Verwüstung nur noch gräßlicher aus. Ich fürchtete mich ein wenig. Und dann hatte ich wahrhaftig und wirklich Grund, mich zu fürchten. Auf der Straße daher, auf der ich die ganze Zeit allein gewesen war, kam ein Mann gegangen. Er hinkte und trug in einem Netz Fische mit sich: es war der Fischer-Jakl. Plötzlich stand ich vor ihm, in der Hand am Henkel den Kübel, und lieber wäre ich vor einem der Waldmänner gestanden, die mich aus den Bäumen mit Kastanien beworfen hatten, als vor ihm. Er sah mich scharf an, und ich wußte gleich, daß er mich wiedererkannt hatte. Sein rotes Haar leuchtete, greller als die Blitze vorher. Er sagte nichts und blickte mich nur an. Ich hatte sein Gesicht noch nie aus solcher Nähe gesehen. Die rotgrauen Stoppeln umgaben sein Kinn, seine Augen bewegten sich nicht, so lang er mich ansah und ich ihn. Sein Anzug war abgeschabt und mit großen Stichen geflickt und nicht ganz sauber, und Schuppen klebten an seinen Ärmeln. Die Bäuche der Fische in seinem Netz blinkten in matter Weiße.

Da hatte ich einen rettenden Einfall. Den Eimer mit Kastanien hob ich ihm entgegen und sagte, und wunderte mich, daß meine Stimme nicht bebte, ganz klar klang: »Willst du sie haben?« Er lachte nicht und sagte nichts, den Blick nicht von mir wendend. Er nahm mir den Kübel aus der Hand, hielt ihn hoch, an die Nase, und roch an den Früchten. Ich sah, daß ihm Haare aus den Nasenlöchern wuchsen, und es war mir neu, daß die Kastanien einen Duft haben sollten, wie Veilchen etwa, oder Nelken. Er setzte den Eimer dann

neben seinen Füßen nieder, öffnete das Netz, griff hinein und holte einen großen Fisch heraus, ein Rotauge, erkannte ich. »Nimm den!« sagte er. Seine Stimme war wie von jemandem, der selten spricht. Ich nahm den Fisch, der so naß und kalt war, daß es mich schauderte, und weil er mir zu entgleiten drohte, faßte ich auch noch mit der anderen Hand zu. So stand ich, den Fisch in beiden Händen vor der Brust haltend, und wagte nicht, mich zu rühren. Ich brauchte ihn nicht an die Nase zu heben wie er die Kastanien: ein Geruch von Wasser und Schilf drang zu mir empor. Er hing sich dann das Netz mit den Fischen wieder um die Schulter, nahm mit der linken Hand meinen Eimer, und mit seiner rechten Hand faßte er mich am Ohr. Seine Finger waren hart und rindig. Er begann, mir das Ohr zu drehen, es zu reiben und zu quetschen und daran zu reißen, und dann zog er mich an ihm hoch, daß ich mich auf die Zehen stellen mußte, um es nicht zu verlieren. Es tat mir weh, sehr, aber ich jammerte nicht, keinen Laut gab ich von mir, vielleicht ächzte ich ein wenig, das kann sein. Lange dauerte die Folter. Und als er mein Ohr dann losließ, hatte ich eine feurig glühende Stelle am Kopf, und die Stelle glühte noch lange. Meinen Kübel am Henkel tragend, hinkte er davon, der Folterknecht, ohne ein Abschiedswort, mit den Füßen das grüne Laubzeug wegschleudernd, das herumlag.
Er war meinen Augen entschwunden, und ich stand noch immer am gleichen Fleck, den eingetauschten Fisch in den Händen. Ich betrachtete seinen gelblichweißen Unterleib und seine mit einem roten Hornring umgebenen Augen, daher er seinen Namen hat. Der Fisch war glitschig, und ich mußte ihn krampfhaft umklammern, daß er mir bleibe. Ihn vor mir hertragend, machte ich mich auf den Heimweg.
Es war heller geworden, schon kam die Sonne, und die Donau glänzte grün her. Über der kleinen Kirche mit den Zwiebeltürmen, jenseits des Stromes, auf einer Anhöhe, hatte sich ein ungeheures Schauspiel aufgetan. Die abziehenden Wolken waren dort versammelt. Grün und rosa kreisten und

wirbelten sie, in unaufhörlicher Bewegung. In allen Formen und Farben zeigten sie sich, lang gestreckt und zipflig-flatternd wie riesige Fahnen, und runde waren dabei, üppig gebauscht, und glühten mächtig wie Pfingstrosen. Hoch über dem Gewimmel hüpften kleine, weiße, fedrige Bälle und zerplatzten und bildeten sich wieder. Schweflige Lichtbahnen schossen in ein aufgerissenes Blau, und daneben wars wie eine zarte, grüne Wiese. Grün und rot und gelb, das wogte durcheinander, lieblich und unheimlich leuchtend, daß einem das Herz wehtun konnte vor lauter Sehnsucht. Die keinen Regen hatten bringen können, machten es nun mit einem Farbenspiel gut. Auch die kleine Kirche bekam davon ab. Der eine Zwiebelturm war schwarz, der andere brannte kupferrot. Und die Sonne sah zu, wie alles Gewölk schäumend und strudelnd nach Osten abzog.

Der Fisch in meinen Händen wurde immer schwerer. Ich hätte ihn den Wolken mitgeben mögen. Ich schämte mich, wenn Vorübergehende mich mißtrauisch ansahen. Da kam von der steinernen Brücke her mein Freund Martin auf mich zu, hüpfenden Ganges, wie immer.

Martin saß in der Schule neben mir auf der Bank. Er hatte keinen Vater, hieß es von ihm, er hatte nur eine Mutter, die war Zugehfrau. Immer war er sauber gewaschen, hatte ein rundes Blasengelgesicht, und wenn er lachte, zeigte er vorstehende, weiße, kleine Mäusezähne. Er lachte oft. Auf seine Pausebrote, die er in die Schule mitbrachte, sahen wir verlangend, so üppig waren sie oft mit Wurst und Käse belegt, und er ließ gern davon abbeißen: knauserig war er gar nicht! Vor ein paar Tagen erst war es geschehen, daß ich gemeinsam mit ihm fürstlich gespeist hatte, vor einer Haustüre stehend, auf der Straße.

Es wurde, hatte mir Martin augenzwinkernd erzählt, in einem wohlhabenden Bürgerhaus zu einer Hochzeit gerüstet, Hasen wurde das Fell abgezogen, Gänse wurden gerupft, das Zinn mit schwarzem Zinnkraut geputzt, Schüsseln und Kannen blank gerieben, Teppiche geklopft und die Zimmer

gestöbert, und seine Mutter war dabei unentbehrlich, und ohne sie wäre alles durcheinandergeraten. Und weil sie sich während dieser stürmischen Woche tagsüber nicht um den Sohn kümmern konnte, brachte sie ihm, das wieder gutzumachen, allerlei Leckerbissen, fürs Fest schon vorbereitet, ans abendliche Bett. An dem großen Tag selber hatten Martin und ich der Anfahrt der Hochzeitskutschen zugeschaut. An der Spitze kam ein Schimmelgespann, darin die Neuvermählten saßen, mit blassen Gesichtern, und die Schimmel hatten nickende Blumensträuße am Kopfgeschirr. Und Wagen auf Wagen fuhr vor, denen vornehme Herren entstiegen, im Frack und den spiegelnden hohen Hut auf dem Kopf, und Frauen in herrlichen Kleidern, mit nackten Schultern, aber manche hatten ein Seidentuch darüber gebreitet. Die also Prangenden gingen ins Haus, die Damen mit gerafften Schleppen, und wir wußten, nun begannen sie zu tafeln, auf damastenen Tischdecken. Wir tafelten mit: nicht bloß so in Gedanken und neidischen Träumen, nein, wirklich! Und die damastenen Tischdecken vermißten wir nicht!
Schon nach einer kurzen Weile erschien des Freundes Mutter unter der Haustüre und brachte uns auf einem Teller von den Vorspeisen. Es waren seltsame Dinge dabei, die ich nicht kannte, eingemachte Fischchen, Krebsschwänze, Pasteten und so was, und sie schmeckten uns. Martin, im Schlemmerwesen bewanderter als ich, wußte Namen und Art zu nennen. Wir hatten den Teller noch kaum leer gegessen, als die treubesorgte Mutter schon wieder kam und uns zuraunte: hoch ginge es her! und uns eine kleine Schüssel gab, gefüllt mit ich weiß nicht was allem, Hasenbraten war dabei, verriet mir Martin, und ein paar goldgelbe Hühnerbeine, die erkannte ich selber, und unsere Taschenmesser wurden fett, und unsere Finger auch. Vorsorglich hatte Martin einen Löffel eingesteckt, den zog er nun heraus, so konnten wir auch die Preiselbeeren anständig essen, im Wechsel immer jeder einen Löffel voll. Mir schienen sie zu sauer zu sein.
Es kam und ging die spendende Frau und schleppte herbei,

was nur gut und teuer war, und sagte, das seien nicht etwa gestohlene Sachen, Überbleibsel und Reste seien es, wie sie vom Tische des Reichen fallen – Brosamen waren aber nicht dabei! Die Brautmutter, sagte die Zugehfrau, dürfe es wissen und lüde uns sogar ein, zum Essen ins Haus zu kommen, in den Flur oder in die Küche. Das lehnten wir aber ab und sagten, es gefiele uns so viel besser, hier, im Freien, und gerade so sei es das Richtige und gemütlich, und mit den schwarzen Fräcken wollten wir nichts zu tun haben. Und immer von neuem kam die Gute, uns zu füttern, wie die Schwalbenmutter ihre Jungen atzt, und wir sperrten die Schnäbel auf wie die hungrige Brut im Nest. Die Mutter brachte Speisen, die nicht einmal Martin kannte, und sagte fremd klingende Namen dafür. Französisch sei das, sagte sie. Sie trug eine riesige, blühweiße Schürze und hatte ein gerötetes Gesicht, und ihre große Brust wogte so heftig, daß ich mich gar nicht hinzuschauen getraute. Zu den Tortenstücken und zu den Mohrenköpfen, aus denen der Schlagrahm troff, gab es ein großes Glas voll süßen, gelben Weines, der uns ins Blut ging und unsere Lustigkeit steigerte. Der Wein, sagte die Schwalbe, sei ja eigentlich nichts für Kinder, aber heut sei ein besonderer Tag. Das fanden wir auch. Das Eis war rot wie Feuer und gelb wie Gold, Himbeer und Vanille, und unser Löffel bekam wieder zu tun, und es hätte mehr sein dürfen – so wunderbar war es, gar nicht zu sagen!
Das Hochzeitshaus lag in einem stillen Wohnviertel, so kam selten jemand des Wegs, der uns hätte stören können. Und wenn: gegenüber, auf der andern Straßenseite, hing eine Weide ihre Äste über den Zaun eines Vorgärtchens, bis auf den Gehsteig herab, und machte uns ein grünes Versteck, in das wir eintreten konnten, und dann waren nur unsere Beine zu sehen, und nicht der Teller, von dem wir schmausten.
Die zwei großen, purpurfarbenen Äpfel aßen wir nicht, sondern steckten sie als Vorrat in die Hosentasche, aber die Bananen enthäuteten wir und verzehrten sie auf der Stelle.

Ich beneidete Martin um solch eine Mutter und sagte es ihm. Was brauche er einen Vater, sagte ich, bei dieser Mutter? Und kauend nickte er ein zuversichtliches Ja.
Noch einmal, zum letztenmal kam sie, mit einer Tüte voll Erdbeeren, und sagte, wir sollten jetzt nach Haus gehen, das Mahl sei zu Ende, aber für sie finge es jetzt erst richtig an, für sie gäbe es noch zu tun, ach Gott, ach Gott, sei das ein Trubel! Und sie drückte jedem noch ein Stück Emmentaler in die Hand. Wir aßen die Erdbeeren und gingen, und aßen im Gehen den Emmentaler, und als wir damit fertig waren, holte Martin seinen Apfel aus dem Hosensack und biß hinein, und ich tat mit meinem auch so. Er hatte ein schönes, rötliches Fleisch. Am besten sei doch das Eis gewesen, sagten wir beim Auseinandergehen, gleicher Meinung, wie meistens!
Meinen Freund Martin also schickte mir ein gnädiger Zufall entgegen, als ich hilflos stand, mit dem eingetauschten Fisch vor der Brust, und fast den Tränen nahe. Ich ließ es mir aber nicht merken. Er hob die Oberlippe, daß seine Mauszähne blitzten im Blasengelgesicht, und besah sich den Geschuppten. »Ein Rotauge«, stellte er fest. Er betupfte mit dem Zeigefinger den Fisch, und fragte: »Woher hast du ihn?« Er wippte sich auf den Zehenspitzen. »Vom Fischer-Jakl geschenkt bekommen«, sagte ich die Wahrheit, die er nicht recht zu glauben schien. »So einen großen Fisch?« meinte er zweifelnd. Da hatte er recht, der Fisch war groß und schwer, mir lahmten die Arme. Martin machte mit der Hand eine drehende Bewegung. Das hießen wir: »den böhmischen Zirkel« machen! und wollten damit sagen: gestohlen! Aber er fragte nicht nach Genauerem. Er zog eine Trillerpfeife aus der Tasche, ein schönes, blitzendes Stück. Es sei aus Silber, sagte er, und pfiff darauf. Es klang schrill und durchdringend, ganz herrlich. »Tauschen wir!« sagte er dann und tupfte wieder auf den Fisch. Warum ihn der so ins Auge stach, begriff ich nicht recht. Das Rotauge ist kein edles Tier, mit seinem weichlichen Fleisch und den vielen Gräten. Aber Martin wollte es nun eben haben. Er war ver-

wöhnt wie ein Herrensöhnchen. Wieder trillerte er auf seiner Pfeife. »Meinetwegen!« sagte ich und gab ihm das Rotauge und wischte meine Hände an der Hose ab. Dann pfiff ich auf der Pfeife, die jetzt mir gehörte. »Aus Silber«, sagte Martin noch einmal und steckte den Fisch in seine Joppentasche, mit dem Kopf voran, und weil der Fisch so groß war, ragte er lang und mit dem Schwanze baumelnd daraus hervor. »Den laß ich mir braten«, sagte er und sagte »Servus« und ging.

Ich war von Herzen froh, das Tier los zu sein, und streckte und beugte meine steifgewordenen Arme. Der Himmel war nun abendlich klar geworden, in der Tasche wußte ich meine silberne Pfeife, ich konnte zufrieden sein mit dem heutigen Tag. Als ich daheim ankam, war es schon Abendessenszeit, und auch mein Vater war schon da. »Na, wo warst du?« fragte er. Warum sollte ich nicht die Wahrheit sagen? Es war nichts Böses und Strafe Herausforderndes, was ich getan hatte. So erzählte ich von dem Sturm und von den vielen Kastanien, und daß es nicht geregnet hatte, trotz des Gewitters, und daß ich meine Kastanien mit dem Fischer-Jakl getauscht hatte gegen ein Rotauge. »Was tut der nur mit den Kastanien?« wunderte sich mein Vater. »Und wo hast du den Fisch?« sagte er dann, »der gibt einen Gang mehr fürs Abendessen.« »Ach!« sagte ich leichthin, »das lumpige Rotauge, das habe ich mit dem Martin getauscht gegen eine Trillerpfeife.« Ich zog sie heraus. »Sie ist aus Silber«, sagte ich. Mein Vater sah mich an. »Zeig einmal dein Gesicht her!« sagte er, »du bist so rot um das Ohr herum!« Diesmal schien es mir besser, nicht die Wahrheit zu sagen. Mein Vater brauchte ja nicht alles zu wissen. Eine fallende Kastanie habe mich getroffen, sagte ich und fühlte wieder des Fischer-Jakls rissige Hände an meinem Ohr. »Da brauchst du dann heut kein Abendessen«, sagte mein Vater, »wenn du den Fisch gegen eine Pfeife getauscht hast. Da pfeifst du eben, statt zu essen!« Meine Mutter aber sagte, ein grätiges Rotauge wäre sowieso nicht wert gewesen, daß man es gebraten hätte.

Nachwort

In den Jahren zwischen den beiden Weltkriegen hat mancher entmutigte Beobachter geglaubt, die deutsche Dichtung sei an ihrem Ende angelangt. War nicht die Einheit von Dichter und Wirklichkeit, die aller Dichtung zugrunde liegt, längst zerborsten? Hatten nicht sowohl der Dichter wie die Wirklichkeit sich verselbständigt und dadurch ihre Würde verloren? Nach Meinung dieser pessimistischen Beobachter hatte der Dichter sich in sich selbst zurückgezogen, und der Spielraum seiner Bücher, einst die Welt in ihrer Fülle, sich zu einer Spiegelwelt in seiner Gehirnhöhle verengt. Er vermöge die Wirklichkeit nicht mehr zu sagen; nur auf den Schleichwegen schaler Ironie oder zuchtloser Assoziation wage er sich ihr noch zu nähern. Und auch die Wirklichkeit ihrerseits sei verkümmert, seit der Dichter sie nicht mehr spreche und schaffe. Sie splittere auf in zufällige Sachen und tote Dinge. Sie werde zum bloßen Stoff, der nicht sättigt, so daß – in genauer Entsprechung zur entleerten Sprache des nur noch mit sich selbst beschäftigten Schriftstellers – die Bahn frei sei für einen Jargon der Oberfläche, der den Mangel durch Häufung des wahllos Herbeigeschafften auszugleichen suche.
Wie es aber einen Bereich gibt, der den Veränderungen in der Zeit nicht unterworfen ist, so gab es auch während jener Jahrzehnte Dichter, welche die Kontinuität der echten Dichtung wahrten. Zu ihnen gehört Georg Britting. Was ihn auszeichnet, ist die Kraft, mit der er inmitten einer Zeit, wo alles beliebig und alles ungefähr geworden war, in einer Zeit des ›Verlustes der Wirklichkeit‹ diese Wirklichkeit wieder zu nennen wagte. 1932 erschien sein *Lebenslauf eines dicken Mannes, der Hamlet hieß*, einer der seltenen Romane

großen epischen Atems in diesem Halbjahrhundert, mit seinen unvergeßlichen ersten Sätzen.

»In dicken Büscheln wuchsen Sonnenblumen. Nein, nein, nicht in Büscheln, sie waren wie Baumgruppen, das waren lange Stämme, Stecken, Stangen und Stengel, schwarz behaart, im Winde wankend, so müssen Palmen sein. Und hoch oben, ganz hoch droben, große, kreisrunde Teller, und die Tiefe der Teller schwarz, rabenschwarz, aschenschwarz, negerkraushaarschwarz, der Tellerrand geflammt, monstranzengelb. Es war ein Wald von Sonnenblumen . . .«

Prall von Welt ist dieses in einem imaginären Barock-Dänemark spielende Buch vom dicken König Hamlet, der zuletzt hinter der weißen Mauer eines Klosters auf den Tod wartet. Nicht in einer vom Erzähler erläuterten Kette kausal einander hervorbringender Ereignisse spannt sich der Bogen dieses Lebens. Es stehen sich unvermittelt geschlossene Bildfolgen gegenüber, die ihren Sinn in sich selbst tragen und doch durch ihre plastische Intensität, welche bis zum Schluß nicht nachläßt, unterirdisch verbunden sind. In einem hinter aller kombinierenden Überlegung liegenden Bereich haben sich diese Szenerien geformt, in denen wir Figuren erkennen, die nicht weiter abgeleitet werden können, weil sie aus sich selber leben.

In Brittings Gedichten vollzieht sich die gleiche Neuschöpfung, Wiederschöpfung der Welt. 1935 erschien *Der irdische Tag* und 1939 *Rabe, Roß und Hahn*, die zusammen mit Wilhelm Lehmanns *Antwort des Schweigens* von 1935 dem deutschen Gedicht nach langen Jahren oft großartiger, aber unfruchtbarer Inzucht eine neue Unschuld geschenkt haben. Man hat die beiden Dichter unter dem Stichwort ›naturmagische Lyrik‹ zusammenzufassen gesucht. Dieses Stichwort ist soweit richtig, als ihre Gedichte die Welt des Menschen keineswegs aufgeben, ihr jedoch durch ihre Einbettung in den Bereich des Zeitlosen wieder ein Maß setzen. Aber wie so ganz anders verhält sich jeder vor der Natur. Der zurückhaltendere Wilhelm Lehmann nähert sich ihr gern über

Mittler in Gestalt jener mythischen Figuren, die jahrhundertealter Begegnung des Menschen mit der Wirklichkeit entsprungen sind. Britting greift unmittelbar zu.

Feuerwoge jeder Hügel,
Grünes Feuer jeder Strauch,
Rührt der Wind die Flammenflügel,
Wölkt der Staub wie goldner Rauch.

Wie die Gräser züngelnd brennen!
Schreiend kocht die Weizensaat.
Feuerköpfige Blumen rennen
Knisternd übern Wiesenpfad.

Blüten schwelen an den Zweigen.
Rüttle dran! Die Funken steigen
Wirbelnd in den blauen Raum –
Feuerwerk ein jeder Baum!

In der Sprache wird der Unterschied des Stammes, der Landschaft sichtbar. Hinter dem spökenkiekerisch Durchsichtigen, dem diesig Zarten von Wilhelm Lehmanns Sprache steht die holsteinische Landschaft. Die pralle Farbigkeit und rauschhafte Feuchte bei Georg Britting weist in andere Richtung. Am 17. Februar 1891 auf einer Donauinsel in Regensburg geboren, viele Jahre in München lebend und dort am 27. April 1964 gestorben, war er Bayer durch und durch. Der »kunstvoll verschraubte, aber immer klar bleibende Stil Brittings ist sicher ein süddeutsch-barockes Erbteil«, sagt Curt Hohoff. Das kraftvoll und übermütig Hämmernde der in sich verschlungenen Wiederholungen, zwischen denen als silbriges Wunder urplötzlich ein verletzlich Leichtes aufglänzt, erinnert an jene Raumkunst unter Zwiebelkuppeln, in der sich dunkle Wucht und helle Unbeschwertheit so unvergleichlich steigern. Wie für Wilhelm Lehmann ist aber auch für Britting das Erbteil keine Begrenzung wie für den bloßen Heimatschriftsteller. Er weiß, daß die Welt als Ganzes sich nur über das Einzelne aufschließt, das uns umgibt, und man in einem Gang vors Haus mehr erfahren kann als auf einer Fahrt durch alle Länder der Welt.

Georg Britting ist gegen alle modische Verzweiflung und gegen alle avantgardistischen Kopfsprünge in scheinbar Neues ein Beispiel dafür, daß Dichtung an jedem Orte und zu jeder Zeit entstehen kann, wenn der Dichter die Begegnung auszuhalten vermag. Ist so die Welt wieder im Lot, so fallen am Werk jene Auswüchse und Schiefwüchse fort, die allzu leichten Anlaß zu endloser Reflexion bieten. Die Welt wird für den Dichter reicher, indem sie einfacher wird. Die Erzählungen Brittings zeigen das, deren reife Ernte in den Bänden *Die kleine Welt am Strom*, *Das treue Eheweib*, *Der bekränzte Weiher*, *Das gerettete Bild*, *Der Schneckenweg* gesammelt ist. Ihre Anlässe stehen außerhalb dessen, was Freyer die Welt der »sekundären Systeme« nennt mit ihren Geschehnissen aus zweiter Hand und ihrer leeren Umdrehung. Aber gerade weil für Britting der Anstoß für eine Erzählung so gut der Gang des Knaben zum Kastaniensammeln am Fluß sein kann wie der tödliche Schuß, ist immer die volle Spannung der Wirklichkeit in ihr enthalten.

Das spürte man auch der Gestalt des Dichters selbst an, welche die quälende Spaltung von Autor und Geschriebenem nicht kannte, nur den natürlichen Abstand in der Verwirklichung zum Werk. Der Student der Nationalökonomie im zweiten Semester zog als Freiwilliger in den Krieg und wurde bereits im November 1914 in Flandern verwundet. Als Kompanieführer erhielt er während der Märzoffensive 1918 dann jenen Lungendurchschuß und den Treffer in den rechten Arm, welche die schwere Gestalt gezeichnet haben. Das Eindrücklichste an dem wortkargen, weil wortreichen Manne war wohl der füllige Schädel, der doch klaren Umriß zeigte und Sensibilität. Britting hat, als er zu Ende jenes Krieges beschloß, von nun an als freier Schriftsteller zu leben, die volle Begegnung mit der Wirklichkeit gewählt. Er scheute sie in der Dichtung so wenig wie vor dem Weinkrug. Er hat jene Erzählung *Das Duell der Pferde* geschrieben, in der die beiden roten Hengste in ihrem Verschlag sich in jähem Aufflammen die Haut in Fetzen von den Leibern reißen. Immer bricht die dunkle Seite des Lebens auf, wird der Eisläufer des Abgrundes bewußt, über den er geglitten ist. Aber Britting wäre kein Dichter gewesen, wenn er nicht zugleich um die Gegenkräfte gewußt hätte und um das große Gleichgewicht.

Der Ort, wo dieses Gleichgewicht in der Dichtung sich verkörpert, ist das Bild, das nicht weiter ableitbare, nicht auflösbare und die Gegensätze in sich aufhebende Bild. In einem seiner schönsten Gedichte, *Das Windlicht*, hat Britting jenes Wort »Kein Bild ist Betrug« ausgesprochen, das als Motto über seinem ganzen Werk stehen könnte.

Im Garten,
Zur schwarzen Mitternacht,
Unter den Sternen,
Wenn es raschelt im Strauch –
Zünde das Windlicht an!

Die Fledermaus taumelt vorbei
Und der bläuliche Falter,
Und der Igel,
Starrend von Stacheln,
Geht über den Weg,
Und die goldäugige Kröte.

Es ist die Nacht nur
Der schwarze Bruder des Tags,
Und bis der dir wieder erscheint –
Es brennt ja das Windlicht.

Leere den Weinkrug!
Schau der Flamme goldnes Gesicht!

Weißt du es nicht?
Kein Bild ist Betrug.

Hör, was das Windlicht spricht:
Unter der Sterne Gang –
Falterflug, Adlerflug,
Kurz oder lang:
Genug.

Aus diesem Gedicht wird auch sichtbar, was Britting unter der kleinen Zahl echter Dichter, die unsere Zeit kennt, seine Sonderstellung gibt. Bei fast allen unter ihnen stoßen wir auf ein irisierendes Gemisch von Begriff und Bild: die Intellektualität wirft über das Bild ihren violetten Glanz, und die Nachbarschaft des Bildes verleiht dem Begriff seine besondere Sprengkraft. Der Schock von Brittings Dichtung ist anderer Art. Was bei ihm unvergeßlich haften bleibt, sind unvermittelte, ungebrochene Bilder: die stumm zu dem hingestreckten Eisläufer heraufglotzenden Fische; der Blick aus dem Fenster über das Grab bis zur Friedhofsmauer, auf welcher der Bursche das Waldhorn blasen wird; der lautlos in die Wolfsschlucht sich senkende Blütenregen. Georg Brittings Dichtung setzt bei ihrem Leser voraus, daß er so Unmittelbares zu hören vermag.

Armin Mohler

Bibliographie

Das Werk Georg Brittings (* 17. Februar 1891 in Regensburg, † 27. April 1964 in München) wird von der Nymphenburger Verlagshandlung in München (NY) betreut; ein einzelner Band ist außerdem beim Verlag Carl Hanser in München (HA) erhältlich. Wo eine Verlagsangabe fehlt, handelt es sich um frühere, vergriffene Ausgaben.

Bei den Einzelausgaben muß unterschieden werden zwischen Haupt- und Nebenausgaben. Bei letzteren handelt es sich um Lizenzausgaben, in denen – vor allem unter den besonderen Umständen der Jahre nach 1945 oder für Schulzwecke – das in den Hauptausgaben zu Findende in anderer Gruppierung veröffentlicht worden ist.

Die gründlichste Bibliographie des Werkes von Britting sowie der Literatur über ihn verfaßte Dietrich Bode für seine Monographie *Georg Britting. Geschichte seines Werkes* (Verlag J. B. Metzler, Stuttgart 1962), von der jede wissenschaftliche Beschäftigung mit dem Dichter auszugehen hat.

Hauptausgaben

Gedichte

1930 *Gedichte* (mit geringen Änderungen im folgenden Band enthalten) / 1935 *Der irdische Tag* / 1939 *Rabe, Roß und Hahn* / 1944 *Lob des Weines* (1950 erw. Neuausgabe, HA) / 1947 *Die Begegnung* (Sonette) / 1951 *Unter hohen Bäumen* (NY) / 1965 *Der unverstörte Kalender* (Nachgelassene Gedichte, NY).

Dramatisches

1922 *Das Storchennest.* Eine Komödie / 1923 *Das Herz.* Ein Tanz auf dem Seil in einem Akt (nur in einem Periodikum veröffentlicht) / 1923 *Die Stubenfliege.* Komödie / 1928 *Paula und Bianca.* Komödie (die beiden letzten Stücke sind zwar in München bzw. Dresden aufgeführt, aber nicht gedruckt worden). Außer *Das Storchennest* (Bd V) ist diese frühe Dramatik nicht in der Gesamtausgabe enthalten.

Roman

1932 *Lebenslauf eines dicken Mannes, der Hamlet hieß* (Übersetzungen ins Holländische und Französische).

Erzählungen

Mit Ausnahme der bloß die Titelerzählung enthaltenden *Afrikanischen Elegie* handelt es sich um Sammelbände.
1921 *Der verlachte Hiob* (expressionistischer Frühstil; erst in der Gesamtausgabe wieder vorgelegt) / 1927 *Michael und das Fräulein* (größtenteils umgearbeitet in spätere Hauptausgaben übernommen) / 1933 *Die kleine Welt am Strom* (mit 8 Gedichten, die später in *Der irdische Tag* aufgenommen, NY) / 1933 *Das treue Eheweib* / 1937 *Der bekränzte Weiher* / 1938 *Das gerettete Bild* / 1941 *Der Schneckenweg* / 1953 *Afrikanische Elegie* (NY) / 1953 *Letternspuk* (Privatdruck mit drei kurzen Prosaskizzen).

Nebenausgaben

Gedichte

1941 *Der alte Mond* / 1944 *Anfang und Ende* / 1946 *Zauberäugig lockt die Frucht* / 1960 *Will der Winter kommen* (Privatdruck).

Erzählungen und Gedichte

1934 *Die Feldschlacht. Das Waldhorn* / 1948 *Der Eisläufer* (nicht gleichen Inhaltes wie vorliegende Ausgabe) / 1953 *Erzählung und Gedicht* / 1956 *Geschichten und Gedichte* (NY).

Erzählungen

1941 *Jugend an der Donau* / 1946 *Das Fliederbäumchen* / 1947 *Valentin und Veronika* / 1948 *Das Waldhorn* / 1950 *Das Waldhorn* und andere Erzählungen (nicht identisch mit Titel von 1948) / 1956 *Der Eisläufer* (vorliegende Ausgabe).

Gesamtausgabe

Seit 1957 faßt die Nymphenburger Verlagshandlung in München Brittings Werk in einer »Gesamtausgabe in Einzelbänden« zusammen: 1957 *I: Gedichte 1919–1939* / 1957 *II: Gedichte 1940–1951* / 1958 *III: Erzählungen 1920–1936* / 1959 *IV: Erzählungen 1937 bis 1940* / 1960 *V: Erzählungen 1941–1960* / 1961 *VI: Lebenslauf eines dicken Mannes, der Hamlet hieß* / 1965 *VII: Der unverstörte Kalender.* Nachgelassene Gedichte / 1967 *VIII: Anfang und Ende.* Erzähltes und Dramatisches aus dem Nachlaß.

Britting als Herausgeber

1919/20 gab Britting in Regensburg zusammen mit dem Maler Josef Achmann *Die Sichel. Monatsschrift für neue Dichtung und Grafik* heraus; 1946 eine Mörike-Auswahl; 1948 zusammen mit Hans Hennecke, Curt Hohoff und Karl Vossler die Anthologie *Lyrik des Abendlandes* (HA). Außerdem schrieb Britting Vor- oder Nachworte zu zwei Mappen von Achmann (1918, 1920); 1952 zu dem Bildband *Donaulande* (Umschau-Verlag); 1954 zu Mörikes *Sämtlichen Werken* (HA).

Inhalt

Georg Britting

IN RECLAMS UNIVERSAL-BIBLIOTHEK

Die kleine Welt am Strom. Geschichten und Gedichte. Nachwort von Dietrich Bode. 9965

Der Eisläufer. Erzählungen (Das Waldhorn, Der Sturz in die Wolfsschlucht, Der Fisch). Nachwort von Arnim Mohler. 7829

Der Mann im Mond. Ein Schattenspiel. In: Einakter und kleine Dramen des Expressionismus. Herausgegeben von Horst Denkler. 8562 [3]

Die Antwort. Der Geheimrat Zet. In: Deutsche Anekdoten. Herausgegeben von Jürgen Hein. 9825 [5]

Nur der Schein trügt nicht. In: Deutsche Erzähler der Gegenwart. Herausgegeben von Willi Fehse. 8262 [5]

Gedichte in den Anthologien: Deutsche Balladen. 8501 [7], Deutsche Sonette. 9934 [6], Gedichte des Expressionismus. 8726 [3], Die deutsche Literatur in Text und Darstellung Band 15. 9657 [4], Deutsche Lyrik der Gegenwart. 7884 [3], Moderne deutsche Naturlyrik. 9969 [5].

PHILIPP RECLAM JUN. STUTTGART